U0111686

大展好書　好書大展
品嘗好書　冠群可期

大展好書　好書大展
品嘗好書　冠群可期

日語加油站 2

TIAOZHAN
XIN RIYU NENGLI KAOSHI
N2 DUJIE

挑戰
新日語能力考試
N2 讀解

附 CD

主　編　石若一
副主審　李宜冰　楊　紅
主　審　恩田　滿（日）
編　者　李宜冰　石若一
　　　　王行晨　楊　紅
　　　　楊　曄　于　敏
　　　　于　月

大展出版社有限公司

前言

　　1984～2009年的25年中，國際日語能力考試始終貫徹一個考試大綱的要求，雖然對每個級別應該掌握的文字、語法等知識點做了解釋和說明，但始終沒有提到「綜合能力」等字樣。

　　2009年底，日本國際交流基金會及日本國際教育支援協會制定了新日語能力考試基本方針，內容可以概括爲4個方面：①考查級別由以前的4個級別擴大爲5個級別；②透過完成特定課題，考查學習者的語言應用能力；③提高考試的妥當性、可信賴性；④讓學習者清楚自己能夠完成的課題，瞭解自己的實際能力。

　　結合新方針，本書有以下3點突出的特色：

　　一、強化訓練，銳化閱讀感。本書的構成嚴格按照新考試大綱的考試形式，將內容分爲「短文」「中文」「情報檢索」「綜合理解」「長文」5個部分；試題部分與N1級別的新題型極其接近，在命題規律和考查難度上高度吻合，供考生強化訓練。

　　二、內容豐富，增長知識。文章內容涉及經濟、文化、社會、教育等多方面，相信學習者透過本書的

學習不但能提高日語閱讀能力，而且能夠增長一定的日語知識，瞭解日本的社會現實。

三、技巧體現，循序漸進。本書在每個內容之前都寫有閱讀技巧，希望學習者在閱讀過程中不斷地體會技巧，做到熟能生巧。

本叢書用實用的內容、豐富的素材、有效的練習和時尚的版式將日語閱讀變爲一件有趣的事情，幫助讀者朋友們學以致用，輕鬆挑戰新日語能力考試的閱讀部分。同時，懇切希望專家、學者以及使用本叢書的老師和同學們提出意見，以便不斷修訂完善，更好地爲日語學習者服務。

編　者

目 次

第一章　短　文 ·· 7

短文 1 ·· 7

短文 2 ·· 13

短文 3 ·· 18

短文 4 ·· 22

短文 5 ·· 27

短文 6 ·· 33

短文 7 ·· 38

短文 8 ·· 43

第二章　中　文 ·· 49

中文 1 ·· 49

中文 2 ·· 56

中文 3 ·· 62

中文 4 ·· 67

中文 5 ·· 73

中文 6 ·· 78

中文 7 ·· 83

中文 8 ·· 89

第三章　情報検索 ･･････････････････････････ 97

情報検索1･････････････････････････････････ 97

情報検索2 ････････････････････････････････ 104

情報検索3 ････････････････････････････････ 109

情報検索4 ････････････････････････････････ 118

情報検索5 ････････････････････････････････ 128

情報検索6 ････････････････････････････････ 136

情報検索7 ････････････････････････････････ 144

情報検索8 ････････････････････････････････ 152

第四章　総合理解 ････････････････････････ 159

総合理解1 ･･･････････････････････････････ 159

総合理解2 ･･･････････････････････････････ 167

総合理解3 ･･･････････････････････････････ 174

総合理解4 ･･･････････････････････････････ 182

総合理解5 ･･･････････････････････････････ 189

第五章　長　文 ･････････････････････････ 199

長文1 ･･････････････････････････････････ 199

長文2 ･･････････････････････････････････ 207

長文3 ･･････････････････････････････････ 215

長文4 ･･････････････････････････････････ 222

長文5 ･･････････････････････････････････ 230

長文6 ･･････････････････････････････････ 238

長文7 ･･････････････････････････････････ 246

長文8 ･･････････････････････････････････ 257

解答 ･･･････････････････････････････････ 265

第一章　短文

キーポイント

　読解問題では、どの言葉が重要かを考えて読むことが大切です。文章を読むときには想像力を働かせ、筆者が言おうとしていること、どのような内容かを理解することが必要です。

短　文　1

　人々は、自分の考え方や意見などが「正しい」と思いたがっている。そこで、正しいということを確認するために、友人など他の人の意見が自分の意見に一致したりした場合、自分の意見が正しいと判断してしまう。それは自分の意見の「正しさ」を裏付ける証拠と考えるのだ。このように、判断の健全さ、趣味の良さなどが確認できることは、愉快なことだ。そして、このように愉快にさせてくれる他人を好きになるのは、当たり前のことだと考え

る。反対に、意見が一致しない、反対されるといった場合には、逆のことが起こるのでその人のことを嫌いになってしまう。

（心理学入門講座編集者「Psychological circle」2010年9月18日付Http：//www8.plala.or.jp/psychologyによる）

 〈読〉〈解〉〈練〉〈習〉

　文章を読んで、それぞれの問いに対する答えとして最も適当なものを1、2、3、4から一つ選びなさい。

問1　なぜ態度の類似が好意に結びつくのか。

　　1.自分の意見や考え方などが正しいと思いたがっているから。

　　2.自分の意見が別の意見に一致したりした場合、その意見は正しいと判断してしまうから。

　　3.ほかの人の意見や見方とは価値観が似ているから。

　　4.他人の意見にそって、自分の意見が正しいと見られているから。

問2　人の意見が自分の意見に一致したりした場合、なぜ、自分の意見が正しいと判断してしまうのか。

　　1.自分の意見の正しいことを裏付けるから。

　　2.その証拠と考える自分の意見や考え方などが正しいと思うから。

　　3.自分の意見が別の意見に一致しないから。

　　4.人の意見や見方は正しいと見られているから。

語彙練習

一、発音を聞いて、対応する日本語の常用漢字を書きなさい。

1. _____ ;　　2. _____ ;　　3. _____ ;　　4. _____ ;

5. _____ ;　　6. _____ ;　　7. _____ ;　　8. _____ ;

9. _____ ;　　10. _____ 。

二、次の文の_____に入れる言葉として最も適切なものを一つ選びなさい。

1. 家の近くでちょうど夕日が沈む_____真っ赤に染まり、とても綺麗だった。

2. お酒やタバコのような体に害のあるものはやめた_____。

3. となりの子供はうちへ帰るとすぐ宿題を終わらせ、部屋を片付ける。となりのうちでは、そう_____が、遊びに行かせてもらえないのだ。

4. 人間関係の中で、話が会う人には好意を持ち、話が会わない人とはあまり深い関係とはならない。これは意見の類似性の割合が_____好意も大きくなる。

5. 注文が来たときに、生産が間に合わなかったら大変な事態となる。在庫_____、そんな不安は感じなくてもよい。

A. ほうがいい;　　B. 高いほど;　　C. ところだった;
D. さえあれば;　　E. してからでないと

三、言葉の理解

1. 例 文

～たがる

1. 熱があるのに、外に出<u>たがって</u>しようがない。

2. 親はとかく子供に勉強ばかりさせ<u>たがる</u>。

3. 私がいくら食べ<u>たがって</u>も、何も食べさせてもら

えなかった。

2. 会 話

山本：最近、友達は、「なぜ『友達の友達』の話を

し**たがる**のか」という本が流行っているよ

ね。田中君は友達の話しが聞きたいかい。

田中：俺も友達の話しが聞きたいが。

山本：だけど、別に他人の話を聞き**たがる**なんて、

僕はまず聞きたくないぞ。

田中：まあ、普通の人なら、友達の話を聞き**たがる**

だろう。

3. 拡大練習

考えられる言葉を入れてみましょう。

_____

_____

_____＋たがる

_____

_____

1. 私がどんなに退院（　　　　　）、医者が許してくれない。
   1. したくても
   2. したがっても
   3. したくないでも
   4. したがらなくても

2. 昔学生の頃、文学作品の受容（　　　　）「空所」という議論を展開した学者の書いたものを読んだことがある。
   1. というものをめぐって
   2. ということにめぐって
   3. ということをめぐって
   4. というものにめぐって

3. ソフトウェアをインストールした場合は、インストール状況を（　　　　）する前にブラウザを再起動する必要がある。
   1. 確認
   2. 入力
   3. 是認
   4. 記入

4. そのことを理解せず目先の夢とやらを実現する（　　　　）だけに邁進するケースがあまりにも多すぎる。
   1. には
   2. ので
   3. から
   4. ため

5. 天候が不順になった。（　　　　）登頂を断念した。
   1. よって
   2. ですから
   3. そこで
   4. なので

6. 列ごとに抽出条件を指定して、いずれかに（　　　）するデータをすべて抽出する場合、個別の行に抽出条件を入力する。

   1. 協同　　　　　　　　　2. 一致

   3. 合体　　　　　　　　　4. 合一

7. 死刑制度の（　　　）を呼びかける。

   1. 閉鎖　　　　　　　　　2. 廃棄

   3. 廃止　　　　　　　　　4. 停止

8. 犯人は現行犯で（　　　）された

   1. 獲得　　　　　　　　　2. 収穫

   3. 捕獲　　　　　　　　　4. 逮捕

9. 酒の席とはいえ、みんなの前で「結婚する」と（　　　）してしまった。

   1. 表現　　　　　　　　　2 宣言

   3. 伝言　　　　　　　　　4. 説得

10. 政治家という職業は、金銭感覚が（　　　）してしまうのだろうか。

   1. 麻酔　　　　　　　　　2. 疲労

   3. 麻痺　　　　　　　　　4. 熟睡

　「人生酒ありて楽しい」である。酒は、悲しい時も楽しい時もよい。

　川中美幸の歌「生きてゆくのが　つらい日は　おまえと酒が　あればいい」で始まる「ふたり酒」が好きだ。まさに自分の人生のように思えて慰められ、元気づけられます。また、明日から頑張ろうという気持ちにもなる。

　若い頃から晩酌を欠かさなかったが、74歳の今でも嗜んでいる。酒を控える「休肝日」を週2日設けることは肝臓を休ませるうえで良いことは十分解っているのだが、目の前の肴を見るとなかなかできない日があるのも事実である。

　　　（エッセーⅡ編集者「エッセーⅡ」2010年9月18日付
　　　エッセⅡ http://www.oct.net。ne.jp/~k-kirii/essay2.
　　　html#hinnkakuによる）

読解練習

　文章を読んで、それぞれの問いに対する答えとして最も適当なものを1、2、3、4から一つ選びなさい。
問1　74歳になった作者はどんなときに酒を飲むか。つぎの4つの答えから文中に合うもっとも相応しい答えを一つ選びなさい。

1. 2日に酒を飲む　　2. 毎日酒を飲む
3. 楽しいときに酒を飲む　4. つらいときに酒を飲む

問2　作者は毎週何日酒を飲まないほうがいいと思ったの
か。
1. わからない　　　　2. 2日ほど
3. 毎日　　　　　　　4. 5日ほど

語彙練習

一、発音を聞いて、対応する日本語の常用漢字を書いてく
ださい。
1. ＿＿＿；　　2. ＿＿＿；　　3. ＿＿＿；　　4. ＿＿＿；
5. ＿＿＿；　　6. ＿＿＿；　　7. ＿＿＿；　　8. ＿＿＿；
9. ＿＿＿；　10. ＿＿＿。

二、次の文の＿＿＿に入れる言葉として最も適切なものを
一つ選びなさい。
1. 今月四国へ旅行予定ですが、どのように回＿＿＿
迷っている。
2. 寒い日でも私の身は薄着のまま日々暮れて＿＿＿と
いうのに、吹いてくる風は衣を打つ音を運んでく
る。
3. 鉄道に乗るの＿＿＿人を「乗り鉄」と言ったりする
そうだ。
4. 昨夜TVドラマ「ちび丸子ちゃん」を観たが

_____自分の子供時代の姿だった。

5. それによって「丁寧」さを表すか_____思って使っているのではないか。

> A. のように；　　　B. ればいいか；　　　C. ゆく；
> D. がすきな；　　　E. まさに

三、言葉の理解

1. 例　文

～に思える

1. タイヤを自分の子供のように思えてきたら、もうあなたと車は一心同体となる。

2. 一旦手に入れかけながら逃がしたものは、それがどんな小さなものでも大きな損をしたように思えて、惜しまれるものだ。

3. ひとりでは何も変わらないように思えても、100万人が行動すればきっと明日は変わる。

2. 会　話

山本：友達が壁をつくっているように思えているね。

田中：君が、そのように感じるということは、本当にいい関係になれる、ひとつのきざしだと思うよ。

山本：また、人を楽しませることが仕事に思えている。

田中：世の中全ての人を幸せにしようと思えばそれは大変だけど、自分も幸せになれると思う。

3. 拡大練習

考えられる言葉を入れてみよう。

_____

_____

_____＋に思える

_____

_____

☕ 完全マスター ≪

1. ある結論を引き出したとき、それが正しい結論（　　　　）何か別の事実が追加されたために、その正しさが保証されなくなる。

1. したくても　　　　　　　2. したがっても
3. したくないでも　　　　　4. に思えても

2. 優しくてゆっくり霞んて（　　　　）感じが素晴らしいね。

1. きた　　　　　　　　　　2. いった
3. ゆく　　　　　　　　　　4. くる

3. どんな形になっても自分で作（　　　　）と思い、習い始めた。

1. れれば　　　　　　　　　2. ってみる
3. る　　　　　　　　　　　4. った

4. 明治の世は、過去を脱却し文明開化の歩みを（　　　　）加速せんとする時代である。

1. いまも　　　　　　　　　2. まさに

3. まるで　　　　　　　　　4. まもなく

5.「他を尊重する」という基本的な心がかけている
（　　　　）ならない。
1. ように思えて　　　　　　2. ように感じて
3. ように思って　　　　　　4. ように考えて

6. 正しい意見を間違っているかのように（　　　　）テ
クニックを使っている。
1. 思う　　　　　　　　　　2. 印象づける
3. 思われる　　　　　　　　4. 印象させる

7. その花を毎年咲かせるのはなかなか難しくて、水や
りを冬でも（　　　　）というようにすることが大切
である。
1. 欠かさない　　　　　　　2. 必要
3. かける　　　　　　　　　4. さす

8. ふたりで見たあの鮮やかなひまわりと穏やかな海
が（　　　　）思い出される。
1. ただいまも　　　　　　　2. すぐにも
3. いまも　　　　　　　　　4. いまでも

9. それは、この先、私が英語を勉強していく（　　　　）
良い参考になると思う。
1. 方面で　　　　　　　　　2. うえに
3. うえで　　　　　　　　　4. において

10. 彼は僕の言うことを（　　　　）理解しなかった。
1. なかなか　　　　　　　　2. かなり
3. ずいぶん　　　　　　　　4. むしろ

短　文　3

　　近頃、人の声を識別したり、記された文字を読んだりするソフトウエアが、多くのとろこで使われるようになってきている。そして、たとえば、「このソフトウエアはどの人の声でも識別することができる」という説明がしばしばなされる。ところで、①それを文字どおりに信用したりしてはならないだろう。「どの人の声でも」といったとき、男子の大人の声ならほとんど聞き分けられるということを意味していることが多く、女子の声や老人のしわがれた声（注1）、子どもの声…についてはうまく識別できないという場合が多い。

　　　　　　（長尾真『「わかる」とは何か』岩波書店による）

注1　しわがれた声：声ががさがさした感じになる。かすれる。

　　文章を読んで、それぞれの問いに対する答えとして最も適当なものを1、2、3、4から一つ選びなさい。
問1　「それを文字どおりに信用したりしてはならないだろう」というのはどうしてか。
　　　1. 女性の声しかできない場合があるから
　　　2. 男性の声しかできない場合があるから

3. 老人の声しかできない場合があるから

4. 子どもの声しかできない場合があるから

問2　ここで使われているソフトウエアは、なにが識別できるか。

1. 老人の声　　　　　　　2. 機械の音

3. 記された文字　　　　　4. 女性の声

〈語〉〈彙〉〈練〉〈習〉

一、発音を聞いて、対応する日本語の常用漢字を書きなさい。

1. _____ ;　　2. _____ ;　　3. _____ ;　　4. _____ ;

5. _____ ;　　6. _____ ;　　7. _____ ;　　8. _____ ;

9. _____ ;　　10. _____ 。

二、次の文の_____に入れる言葉として最も適切なものを一つ選びなさい。

1. 仲間同士で疑問を解決したり意見を交換_____。

2. アップルのソフトは日本でも販売できる_____ようで日本語化もされている。

3. 強いといわれている人_____、病気には勝てない。

4. _____流行色の傾向が変わってきたという話を耳にした。

5. 来ないと思っているときに_____現れるんだ。

A.でも；　B.したりしてみよう；　C.ようになった；
D.最近；　E.しばしば

三 、言葉の理解

1. 例　文

～でも

1. 失業し再就職もできない中高年<u>でも</u>自宅ベースで
　お仕事できた 。

2. 下手な<u>人でも</u>すぐに盛り上げ上手になれるはずで
　ある 。

3. 同じことがほかの分野<u>でも</u>すでに少しずつ起こり
　つつあるのだ 。

2. 会　話

山本：今度の日曜日 、二人で 、映画**でも**見ようか 。

田中：どんな映画が見たいの 。

山本：なんでもいいから楽しいものを見たい 。

田中：そうだね 、まず好きな映画を見つけて 、その
　　　チケットを予約しよう 。

3. 拡大練習

考えられる言葉を入れてみよう 。

―――――――――

―――――――――

――――――――＋でも

―――――――――

―――――――――

1. 自分の自転車のメンテナンスに不安があっ（　　　）
   わからないことがあったりこのサイトを活用してみ
   よう。
   1. たり　　　　　　　　　2. たら
   3. ても　　　　　　　　　4. でも

2. （　　　　　）、日本の漫画が世界ではやっている。
   1. すでに　　　　　　　　2. 近頃
   3. このあいだ　　　　　　4. まもなく

3. 二年生になって、ヒヤリング能力が高まる（　　　）
   なった。
   1. そうに　　　　　　　　2. ように
   3. ことに　　　　　　　　4. ものに

4. 同じカレンダーを編集（　　　　　）ように なりまし
   た。
   1. される　　　　　　　　2. させる
   3. する　　　　　　　　　4. できる

5. 曇りと弱い雨の変わりやすい天気で、（　　　　　）に
   わか雨が降るでしょう。
   1. しばしば　　　　　　　2. いつも
   3. ときには　　　　　　　4. たびたび

6. 大河劇に限らず、日本の時代劇には（　　　　　）外国
   人は出てこないのだ。
   1. ときどき　　　　　　　2. ほとんど
   3. たまたま　　　　　　　4. たまに

7. 長野県はスキーができます。（　　　　）、沖縄でなにができますか。
   1. なお　　　　　　　　　　2. でも
   3. しかし　　　　　　　　　4. ところで
8. 和室はあっても床の間がない（　　　　）。
   1. 場合はない　　　　　　　2. 場合が少ない
   3. 場合が多い　　　　　　　4. 場合が小さい
9. その言葉の解釈も（　　　　）の意味である。
   1. そのまま　　　　　　　　2. 文字どおり
   3. 同様に　　　　　　　　　4. 文法のどおり
10. 自分の言ったことに理由付けが（　　　　）ゆえんである。
   1. なされる　　　　　　　　2. する
   3. 致す　　　　　　　　　　4. なさる

 短　文　4

　前略　3月19日付き貴信拝見しました。
　去る平成23年2月分のお仕入代金弐百六拾万円が未払いであり、3月末日までに指定口座に振り込む（注1）ようにとのことでございますが、ご要望にはお応えできかねます。ご承知のとおり、平成23年1月、2月分の御社売掛金（注2）の合計は弐百六拾万円となっており、今回のご要望である弐百六拾万円は、当売掛金にて相殺されております。この件に関してましては、御社経理部長の土井様にも

ご了解いただいております。詳細については今一度、土井部長にご確認くださいますようお願い申し上げます。

（ビジネスシステム研究会『ビジネス文書』池田書店による）

注1　振り込む：振替口座や預金口座などに金銭を払い込む。
注2　売上代金の帳簿上の未収金額。⇔買掛金。

 読解練習

　文章を読んで、それぞれの問いに対する答えとして最も適当なものを1、2、3、4から一つ選びなさい。

問1　現在、送信者は受信者に支払うべき未払い金はいくらなのか。
　　　1. 弐百六拾万円　　　　　2. ゼロ円
　　　3. 五百弐拾万円　　　　　4. 七百八拾万円

問2　文書作成者は土井とは、どんな関係なのか。
　　　1. 同じ会社関係　　　　　2. わからない関係
　　　3. 関係がない会社　　　　4. 関係がある会社

 語彙練習

一、発音を聞いて、対応する日本語の常用漢字を書きなさい。

　　　1.＿＿＿＿；　2.＿＿＿＿；　3.＿＿＿＿；　4.＿＿＿＿；
　　　5.＿＿＿＿；　6.＿＿＿＿；　7.＿＿＿＿；　8.＿＿＿＿；
　　　9.＿＿＿＿；　10.＿＿＿＿。

二、次の文の＿＿＿に入れる言葉として最も適切なものを
一つ選びなさい。

1. 国税庁のガイドラインには、価格は消費税込みで表
示する＿＿＿との指針も含まれている。

2. お気軽にご利用いただきます＿＿＿お待ちいたして
おります。

3. なお、必要事項のご記入がない場合は、ご回答致
し＿＿＿場合がございますので予めご了承ください。

4. つきましては、誠にお手数ですが、＿＿＿設置され
ている湯沸器の型番をご確認いただきます。

5. 弊社インターネットサービスご利用時の画面上部の
メニュー表示を下記の＿＿＿変更いたします。

A. ように；　　　B. かねる；　　　C. とおり；
D. いま一度；　　E. よう

三、言葉の理解

1. 例　文

～よう

1. 東京の名門校では「ごきげんよう」と挨拶する習
慣があるそうです。

2. お心当たりがある方はご連絡をいただけますよ
うお願い申し上げます。

3. 調査日当日に、県内でJR線をご利用される方は
ご協力いただきますようお願いします。

2. 会　話

添乗員：ご搭乗前に必ず、注意事項をご覧になって

くださる**よう**お願いします。

観光客：結局、安全に関する注意事項ですね。

添乗員：はい。いろいろあるが、最後に、飛行機を
お降りの際には手荷物をお忘れのない**よう**
ご注意願います。

田中：わかりました。機内安全はすみずみまで管理
されていますね。

3. 拡大練習

考えられる言葉を入れてみよう。

_____

_____

_____＋よう

_____

_____

完全マスター

1. 財団法人に書類や手紙を出す時に相手方の敬称を
（　　　）と書く。

1. 御社 　　　　　　　　 2. 貴社
3. 貴所 　　　　　　　　 4. 貴会

2. （　　　）8月28日、第18回「水と森と風のくにま
つり」が開催されました。

1. 去る 　　　　　　　　 2. 来たる
3. たる 　　　　　　　　 4. 過ぎ去る

3. 料理の品数が多いため、食べきれないお客さまが持

ち帰れる（　　　　）との心配りから生まれたもの
だ。

1. よう 　　　　　　　　2. ように

3. ようだ 　　　　　　　4. にせよ

4. その他のお問い合わせもインタ・ネット上では、ご
返事（　　　　）かねますので、診療時間内に電話ま
たは御来院の上で、お問い合わせください。

1. 差し上げ 　　　　　　2. 申し上げ

3. し 　　　　　　　　　4. でき

5. 以上の入場規定をご承知（　　　　）方はご退場して
ください。

1. いたしました 　　　　2. おきの

3. いたしかねる 　　　　4. おきください

6. 今回のご要望である2603円は、当売掛金にて
（　　　　）されております。

1. 相殺 　　　　　　　　2. 相当

3. 勘当 　　　　　　　　4. 配当

7. 携帯登録の方は夜中のご連絡でも大丈夫とご
（　　　　）いただける方でご入札をお願いします。

1. 了見 　　　　　　　　2. 了解

3. 遠慮 　　　　　　　　4. 了得

8. この活動を続けていく意味を（　　　　）じっくりと
考えてみたい。

1. 再三 　　　　　　　　2. 二度と

3. 今一度 　　　　　　　4. 一度

9. ご注文いただいた商品は、下記の手順で、発送　お

届けの状況をご確認（　　　　）。
　　1. 致し　　　　　　　　　2. します
　　3. いただきます　　　　　4. いただけます
　10. 御提案申し上げました諸議案のうち、主なものにつきまして御説明（　　　　）。
　　1. 申し上げます　　　　　2. を申し上げます
　　3. いたされます　　　　　4. になります

 短　文　5

　　前略　去る5月5日付でご注文いただいた弊社製品（No.9088）の納期（注1）遅延につき、厳しいお叱りを受けましたが、今回の遅延は御社からの度重なる仕様（注2）変更に起因するものであり、弊社としましては、まったく承服（注3）できかねるものでございます。
　　最終の仕様変更依頼は納期のわずか5日間前であったため、当初の納期が守れない旨、ご通知いたしました（営発第505号）。つきましては、現在製作中の品についてはお約束とおり納品（注4）の上、代金を請求いたしたく存じます。何卒ご了解くださいますようお願い申し上げます。
　　草々
　　（ビジネスシステム研究会『ビジネス文書ハンドブック』』
　　池田書店による）

注1　納期：商品などを受け渡す時期。
注2　仕様：機械類などの構造や内容。
注3　承服：相手の言うことを受け入れてそれに従うこと。
注4　納品：売買契約において商品を受け渡す行為。

読 解 練 習

　文章を読んで、それぞれの問いに対する答えとして最も適当なものを1、2、3、4から一つ選びなさい。

問1　この文書の発信者が指摘した納期が遅延した理由を選びなさい。
　　　1.注文者からの納期遅延の連絡があったから。
　　　2.注文者からの仕様変更があったから。
　　　3.注文者からの納期遅延の連絡があったから。
　　　4.受注者からの仕様変更があったから。

問2　この文書の発信者はなにを主張ているか。
　　　1.納期遅延の起因を究明し、弊社は承服できる。
　　　2.最終の仕様変更を承服する。
　　　3.納期の変更をするように。
　　　4.約束のとおり納品し代金請求。

語彙練習

一、発音を聞いて、対応する日本語の常用漢字を書きなさい。

1. _____ ; 　2. _____ ; 　3. _____ ; 　4. _____ ;

5. _____ ; 　6. _____ ; 　7. _____ ; 　8. _____ ;

9. _____ ; 　10. _____ 。

二、次の文の ____ に入れる言葉として最も適切なものを一つ選びなさい。

1. 弊社正規取扱店にて「ミズノ」製であることをご確認_____お買い求めいただきますようよろしくお願いします。

2. 米国の_____利下げを受けてドル金利が急低下した一方である。

3. 人生のストレス全般のうち、パソコンのトラブル_____するストレスの割合は平均して19.6%に達する。

4. パソコンビデオにいたってはソフトが_____売れないというようなベンダーの声もある。

5. リクエスト殺到_____シーズンにベストマッチな半袖が登場します。

A. の上; 　　B. 度重なる; 　　　C. に起因;

D. まったく; 　E. につき

三、言葉の理解

1. 例　文

～ご…いただいた

1. <u>ご加入いただいた</u>当日を含め30日以内に本キャンペーンのお申込みをされたかたが対象となります。
2. <u>ご購入いただいた</u>お客様へのお詫びとお知らせ。
3. <u>ご来場いただいた</u>皆様、ご協力いただいた皆様、本当にありがとうございました。

2. 会　話

観光会社株主Ａ：会長、この間の観光展の結果はどうでした。

観光会社会長：この度の観光展にお越しいただいたお客さまの人数は4万人超えました。

観光会社株主Ｂ：海外からの観光客は近年どうですかね。

観光会社会長：毎年約二桁ずつ増え、買い物や贅沢品を**ご購入いただいて**いる海外観光客の貢献度は観光収入の58％占めています。

3. 拡大練習

考えられる言葉を入れてみよう。

_____

_____

_____＋いただいた

_____

_____

1.『平成23年10月1日（　　　　）役職員の異動に関するお知らせの一部変更について』をプレスリリースに掲載しました。

 1. 付きまして   2. 付いて

 3. 付け   4. 付き

2.（　　　　）では誠に勝手ながら下記の期間、社員研修のため休業させていただきます。

 1. 弊社   2. わが社

 3. 当社   4. 小社

3. ご来店のほかに、電話・ファックス・お手紙・注文フォーム・メールによる（　　　　）をお受けしております。

 1. ご売買   2. ご販売

 3. ご購入   4. ご注文

4. 商品は約3週間の（　　　　）でご案内しておりますが、現在、商品のお届けまで、さらに10日前後お時間をいただいております。

 1. 期日   2. 期間

 3. 納期   4. 時期

5. お客さまからいただいた（　　　　）の言葉をご紹介します。

 1. 批評   2. お叱り

 3. 叱責   4. 批判

6. お客様におかれましては、本年2月からの（　　　　）

価格改定につきまして、ご心配をお掛けしますこと
にお詫びを申し上げます。

1. 重ねる　　　　　　　2. しばしば
3. 度重なる　　　　　　4. ときどき

7. 装着後は、本製品に（　　　　）するかしないかに関
わらず当方は一切責任を負えませんので何卒ご了承
ください。

1. 起因　　　　　　　　2. 因果
3. 原因　　　　　　　　4. 因由

8. 我々が抱くイメージとは（　　　　）かけ離れた光景
がインドの郊外に広がりつつある。

1. まったく　　　　　　2. すこし
3. たくさん　　　　　　4. 多く

9. 前回の要望に対する回答は（　　　　）しがたい。

1. 承服　　　　　　　　2. 承諾
3. 承引　　　　　　　　4. 承認

10. 先月の21日から今月の20日までの（　　　　）され
た商品の代金を来月の20日に支払う。

1. 出納　　　　　　　　2. 完納
3. 納付　　　　　　　　4. 納品

短　文 6

　　拝啓　貴社ますますご隆盛のこととお喜び申し上げます。
　　さて、この度は掲題の件に関しまして、弊社に発注のご
内示をくださいましてありがたく厚くお礼を申し上げます。
　　先日お話いたしました通り、細部金額の見積等は後日お
話しさせていただきたいと思いますが、取敢えず、弊社技
術課長山本、技術主任吉田の2名を出張させ、事前調査さ
せていただきたく存じます。つきましては、貴社で関係者
との打ち合わせの日時を速急にお決めいただき、折り返し
ご回示賜りたくお願い申し上げます。
　　なお、先般もお願いいたしました機械の配置図などをあ
らかじめお送りいただければ幸いです。よろしくお願い申
し上げます。
　（加藤清方著『BJTビジネス日本語能力テスト公式ガイド』
　　JETROによる）2006年3月）

読解練習

　文章を読んで、それぞれの問いに対する答えとして最
も適当なものを1、2、3、4から一つ選びなさい。
問1　この手紙の主要な用件は何かを四つの回答から選び
　　なさい。

　　1.機械配置図を送ってほしい。

2. 見積り金額について、検討してほしい。

3. 打ち合わせのメンバーを知らせてほしい。

4. 現地調査可能な日時を知らせてほしい。

問2　今度打ち合わせの内容は何か。

1. 発注の内示

2. 機械の配置図

3. 詳細な金額の合わせ

4. 技術の調査

 〈語〉〈彙〉〈練〉〈習〉

一、発音を聞いて、対応する日本語の常用漢字を書きなさい。

1. _____ ;　2. _____ ;　3. _____ ;　4. _____ ;

5. _____ ;　6. _____ ;　7. _____ ;　8. _____ ;

9. _____ ;　10. _____ 。

二、次の文の_____に入れる言葉として最も適切なものを一つ選びなさい。

1. 貴社ますますご盛栄のこと _____ 。

2. この規定は、グループ事業制による事務事業の円滑な試行_____、必要な事項を定めるものとする。

3. しばらくの間はご利用の際に不都合な点もございますが、何卒ご理解を頂きたく_____。

4. _____、あなた様にご出席いただき、ご挨拶を頂戴

したいと存じます。集計結果を速報としてご報告いたします。

5. ＿＿＿＿＿あちこちにギター探しの旅に出ようとは思ってます。

> A. 取敢えず；　　B. つきましては；　　C. 存じます；
> D. に関し；　　　E. とお喜び申し上げます

三、言葉の理解

1. 例　文

〜をくださる

1. ファイルが有る場合は事前にご連絡をくださると有り難いです。

2. 携帯電話からメールをくださる方へ、いくつかお願いがあります。

3. メッセージ等をくださる方はこちらからお願い致します。

2. 会　話

部長：山中さん、今、客先を訪問しているが、社長からなにか連絡があったのか。

秘書：はい。ただいま社長が電話をくださいました。

部長：用件は。

秘書：今日の午後2時、社長室で臨時営業会議を開催するという連絡をくださいました。

3. 拡大練習

考えられる言葉を入れてみよう。

_____

_____

_____＋させていただきます

_____

_____

完全マスター «

1. 時下ますますご清栄のことと（　　　　）。
   1. お慶び致します　　　　2. お慶び申し上げます
   3. お慶びします　　　　　4. 慶びします
2. ご旅行のご相談以外（　　　　）、ご意見・お気付き
   の点等がございましたら、お客様相談室までご連絡
   ください。
   1. にかかわって　　　　2. につき
   3. に関しまして　　　　4. に対して
3. 12時以降にご注文で当社在庫品は（　　　　）の翌
   営業日に発送します。
   1. ご受注　　　　　　　2. ご注文
   3. ご購入　　　　　　　4. ご発注
4. 折り返しそのお部屋の「良いところ」も「悪いとこ
   ろ」も率直に（　　　　）ので、納得いくまで何でも
   ご質問下さい。
   1. お話しいたします　　　2. 話します

3. 話しいたします　　　　4. お話しいたす

5. 少し時間がかかりそうなのですが、（　　　　）お電
話を差し上げるようにいたしましょうか。
1. 後日　　　　　　　　　2. お暇のときに
3. 折り返し　　　　　　　4. そのうち

6. 当方より、商品お届け先のお名前など（　　　　）返
信内容をご記入の上、ご連絡をお願いいたします。
1. お聞きいたしました　　2. 聞きました
3. お聞きした　　　　　　4. お聞きする

7. 産地から直接（　　　　）カーネーション専門農園で
ございます。
1. 届ける　　　　　　　　2. 届けた
3. 届けます　　　　　　　4. お届けいたします

8. 弊社はタクシーでお客様を安全・快適・敏速に目的
地へ（　　　　）サービス会社です。
1. 送る　　　　　　　　　2. おくります
3. 送りました　　　　　　4. お送りする

9. 当社の製品の魅力を、映像を通じて（　　　　）と思
います。
1. 楽しんでもらう　　　　2. 楽しんでいただければ
3. 楽しんでください　　　4. 楽しみなさい

10. （　　　　）登録した電話番号からかかってきた電話
番号だけ着信し、その他の電話番号からの電話は転
送先へ転送します。
1. とりあえず　　　　　　2. 予約して
3. あらかじめ　　　　　　4. しばらく

短　文 7

　私は、思いきった<u>差別教育①</u>をしようと考えている。勉強する子はほめてあげよう。怠ける子は叱ろう。よい事をしたらほめよう。悪いことをしたら叱ろう。できれば、一人一人の子を、よく観察して、なるべくたくさん良い所をみつけ出してほめてあげよう。ほめるときは、なるべくたくさんの人の前で、はっきりほめて、多くの人にも祝福してもらおう。

　叱る場合は人の知らないところで、静かに叱られる理由がよくわかって反省してもらえるように叱ろう。

（中島司有著『書のこころ』講談社による1985年）

読解練習

　文章を読んで、それぞれの問いに対する答えとして最も適当なものを1、2、3、4から一つ選びなさい。

問1　筆者の言う「<u>差別教育①</u>」とはなにか。

　　1. 勉強する子やいいことをした子と怠ける子や悪いことをした子とを混ぜてグループを作り、できるだけ悪いことをしないように指導すること。

　　2. 怠ける子や悪いことをした子はみんなの前ではっきり叱り、勉強する子やいいことをした子は静かにほめること。

3. 勉強する子やいいことをした子はみんなの前でほめ、怠けるこや悪いことをした子は理由がわかるように叱ること。
4. 勉強する子やいいことをした子と怠ける子や悪いことをした子とは違うグループにして、たくさんの人に知らせる。

問2　つぎの回答から筆者の見方と違うやり方を選択せよ。
1. 人がいないところで叱ってもらおう。
2. なるべくほめてやろう。
3. 子供に叱られた理由を反省してもらおう。
4. 勉強しない子供を叱ろう。

〈語〉〈彙〉〈練〉〈習〉

一、発音を聞いて、対応する日本語の常用漢字を書きなさい。
1. _____ ;　2. _____ ;　3. _____ ;　4. _____ ;
5. _____ ;　6. _____ ;　7. _____ ;　8. _____ ;
9. _____ ;　10. _____ 。

二、次の文の_____に入れる言葉として最も適切なものを一つ選びなさい。
1. 荷物をもっている人がいたら、ドアを開けて_____。
2. 私達が知り得ない大昔の大陸がまた浮上_____よう

だ。

3. お客様とのやり取りには細心の注意を_____。

4. ご質問や健診のお申し込みなどは、_____メールにてお願い申し上げます。

5. ケータイの電池がもたなくなってきたので、取り寄せて_____と思ったのです。

A. なるべく；　　B. 払おう；　　C. しようとしている；

D. あげよう；　　E. もらおう

三、言葉の理解

1. 例　文

～（う）よう

1. 大学での学びが、将来の仕事にどうつながっているのか見てみよう。

2. 今年は、ネットで2011年の年賀状の印刷を注文しよう。

3. 僕らと一緒に沖縄の海とサンゴについて話そうよ。

2. 会　話

母親：自宅で子供の躾教育にはどのようにすればいいですか。

校長：家事などを手伝ってもらって、できるだけ、褒めてあげましょう。

母親：悪いことをしたときに、さんざん叱ったときもあります。

校長：なぜ叱るかその理由を子供に認識させるほうが効果的です。

母親：親から子供へ祝福することは少ないですが。

校長：それも、多ければ多いほど子どもにとってた
　　　めになりますよ。

3. 拡大練習

考えられる言葉を入れてみよう。

_____

_____

_____＋よう

_____

_____

 完全マスター 《《《

1. もっと（　　　　　）対策を打たないと、景気の先行き
　は非常に厳しい。

　1. こっそり　　　　　　　2. きちきち

　3. ぴったり　　　　　　　4. 思いきった

2. （　　　　　）価格とは安くしか買わない人には安く売
　り、高く買う人には高く売るということである。

　1. 平均　　　　　　　　　2. 差別

　3. おなじ　　　　　　　　4. 高い

3. 来週1週間のメニューは何に（　　　　　）かと考えて
　いる。

　1. しよう　　　　　　　　2. ご注文

　3. 手にいる　　　　　　　4. 作ろう

4. 熱帯魚を飼おうと（　　　　　）んです。

1. 悩んでいる　　　　　　2. 考えている

3. 希望している　　　　　4. 考える

5. 君にジュースを買って（　　　　）。

1. さしあげましょう　　　2. くださいましょう

3. あげよう　　　　　　　4. やろ

6. 素敵な人になるにはどう（　　　　）良いでしょうか。

1. いったら　　　　　　　2. いけば

3. したら　　　　　　　　4. すると

7. 私たちは、お客様（　　　　）を大切な知人と思い、心よりおもてなしをいたします。

1. 全部　　　　　　　　　2. すべて

3. 人々　　　　　　　　　4. 一人一人

8. （　　　　）小さく切った紙片を貼り付けてください。

1. なるべく　　　　　　　2. ちっとも

3. すまなく　　　　　　　4. ちなみに

9. 基本は「話しかける理由」をいかに（　　　　）ことができるかにかかっている。

1. 見つかる　　　　　　　2. 見つける

3. 発見する　　　　　　　4. 見出す

10. 通常、月1回等、まとめて（　　　　）賃金を、その日働いた分だけその日に受け取る。

1. あげる　　　　　　　　2. やる

3. くれる　　　　　　　　4. もらう

短　文 8

　私たち一人の人生の重みを考えれば、子育てというのは
とてつもない大事業だと思うのですが、そのための訓練
も（①）資格試験もありません。

　子供の育て方（②）親になれば自然にわかるという考え
方は私のところに相談にやってくる多くの人たちをみれ
ば、（③）ウンであるかがわかります。

　自分が子供を育てるのに適しているか、親としての仕事
をしていくうえでの（④）か、そのための知識や技能を有
しているか、環境はきちんととととのっているか…そういう
ことも考えずに子供をつくってしまうケースがすごく多い
のです。

　親になってからも、親業について学ぶでもなく、自分の
言動がこどもにどんな影響を与えているでもなく、自分が
自分の親からされたことを、知らず知らずのうちに（⑤）
自分の子供に伝えていきたいです。

（西尾和美「機能不全家族」による）

〈読〉〈解〉〈練〉〈習〉

　文章を読んで、①から⑤の中に入れる最も適当なもの
を1、2、3、4から一つ選びなさい。

問1　1. 義務づけられた
　　　2. 義務付けられていなければ
　　　3. 義務づけられなかった
　　　4. 義務づけられていれば

問2　1. やら　　　　　　　　　　2. なんて
　　　3. につけ　　　　　　　　　4. だの

問3　1. いかに　　　　　　　　　2. おまけに
　　　3. むしろ　　　　　　　　　4. または

問4　1. 訓練ができている　　　　2. 訓練ができていない
　　　3. 心構えができていない　　4. 心構えができている

問5　1. まったく　　　　　　　　2. いっそう
　　　3. そのまま　　　　　　　　4. うんざり

〈語〉〈彙〉〈練〉〈習〉

一、発音を聞いて、対応する日本語の常用漢字を書きな
さい。

　　1. ＿＿＿＿；　　2. ＿＿＿＿；　　3. ＿＿＿＿；　　4. ＿＿＿＿；

　　5. ＿＿＿＿；　　6. ＿＿＿＿；　　7. ＿＿＿＿；　　8. ＿＿＿＿；

　　9. ＿＿＿＿；　　10. ＿＿＿＿。

二、次の文の＿＿＿＿に入れる言葉として最も適切なものを
一つ選びなさい。

1. おなかの調子を整えたい方＿＿＿＿食品を食べるよう
に。

2. 小さな歩みの集積が＿＿＿＿化学反応を起こす。

3. 派遣社員の意思を尊重した＿＿＿＿合意が必要です。

4. 彼女の悲しい身の上話をきいているうちに身につま
されて、＿＿＿＿私は涙を流していた。

5. ほんの少しの事が、＿＿＿＿よいと思うことは、大切
なこと。

A. うんが；　　　　B. 知らず知らず；　　C. うえでの；
D. とてつもない；　E. に適する

三、言葉の理解

1. 例　文

〜ずにはいられない

1. 子どもの世話と、店の仕事と、お父さんの看病と
いう美智子の忙しさを見たら、なにか手伝わずに
はいられない。

2. 面白い！読み始めたら、終わりまで読まずにはい
られない。

3. 津波の被害者のことを思うと、早く復興が進むよ
うにと願わずにはいられない。

2. 会　話

母親：親は子供を育てるにとって、一番大事なこと
はなんですか。

先生：親の言動が子供に影響することが多く、身を
　　　持って見本を作りましょう。

母親：主人の帰宅が遅く、父親との顔合わせが少な
　　　い場合の教育方法は。

先生：土日や休日に、親子が山や海など自然に出
　　　て、家族全員の触れ合いが大切です。

母親：なるほど、スポーツやアウトドアを通じて、
　　　子どもとのコミュニケーションが図れます
　　　ね。その楽しさはやめ**ずにはいられません**。

3. 拡大練習

考えられる言葉を入れてみよう。

＿＿＿＿＿＿＿

＿＿＿＿＿＿＿

＿＿＿＿＿＿＿＋ずにはいられない

＿＿＿＿＿＿＿

＿＿＿＿＿＿＿

 ## 完全マスター

1. 朝早く静かな（　　　　）公園の中を走って一週し
　ましょう。

　　1. とこに　　　　　　　2. うちに

　　3. 期間に　　　　　　　4. 間に

2. 日本ゲーム史上最大の年末商戦が（　　　　）。

　　1. きたる　　　　　　　2. みえる

　　3. やってくる　　　　　4. まいる

3. 色の決まりを知って（　　　　）「センス」がよくなる。

   1. いれば   2. あれば

   3. おけば   4. いけば

4. オンラインゲームをプレイする（　　　　）注意点をまとめた。

   1. 時点の   2. 上での

   3. 面での   4. 場所の

5. 沖縄は気候風土が台湾に似ているので台湾（　　　　）品種は沖縄でも適する。

   1. をあう   2. に適する

   3. に適しない   4. にあわない

6. 自分は家族の財布管理をしているので、支払うべきものは（　　　　）払う。

   1. きちんと   2. とく

   3. すっかり   4. ぜんぜん

7. 示談にすべきか（　　　　）悩みましたが、客観的に証明できないから、これ以上世間を騒がせたくありません。

   1. たくさん   2. すごく

   3. まったく   4. 完全に

8. ひきこもりや若年無職者などの社会生活を円滑に営む上での困難（　　　　）人たちを支援する。

   1. があります   2. を存在する

   3. を有する   4. が存ずる

9. 批判的な分析屋でもなく、愚直な実行者でもなく、

明るい行動者（　　　　）。

1. でいきたい　　　　　　　2. でありたい

3. ておきたい　　　　　　　4. てまいりたい

10. 駅など人の多い 場所では扱い方に注意を払わない
と他人にぶつけ（　　　　）ケースもある 。

1. てしまう　　　　　　　2. ていく

3. ておく　　　　　　　　4. てくる

第二章　中文

キーポイント

☆論説文の場合、各段落の要点・まとめとなる単語や文を
　見出し、下線を引こう。
☆小説、随筆の場合、5Wを見出し、下線を引こう。

中　文　1

　「お母さん、もう少し大人になりな（注1）、お父さん
ぐらいに」
　私の背中に6歳の息子が言った。自転車の後ろに乗せ、
幼稚園に向かう途中のことだった。ドキっとした。
　確かに私は一日中、3人の子どもに片付けをしなさいと
か、宿題をやってしまいなさいとかうるさい。頭に来ると
子どもと同等になってけんかをしている。それに比べ夫は
その様子を少し離れて見ていてたまに口出し（注2）する
くらいで大人なのだ。

それにしても幼稚園の言うことにしては立派すぎる。「大人って？」と聞いてみた。

　すると、後ろから私の体に手を回し「ほら、お母さんにこんな小さいよ、もっと大人になってお父さんくらい大きくなって！」。なーんだ体の大きさのことだったんだ。

　私は「大人だって小さい人はいるよ」ほら、おばあちゃんなんで大人なのにお母さんより小さいよ」と投げかけた。

　「あのね。おばあちゃんになって縮んだの」うーんなるほど①。

　初めは「大人になりな」なんて言われて反省し、次はおばあちゃんを大切にしなければと考えさせられた。

　幼稚園に着いた。息子は手を振り、門をくぐって(注3)行く。後ろ姿がいつもより大人びて(注4)見えた②。

（上西紀子『ひととき』2001年11月3日付　朝日新聞による）

注1　なりな：なりなさい。
注2　口出し：他人の話しに横から何か言うこと。
注3　くぐる：下を通って抜ける。
注4　大人びて：大人のように。

読解練習

　文章を読んで、それぞれの問いに対する答えとして最も適当なものを1、2、3、4から一つ選びなさい。
問1　筆者は「大人になりな」という言葉をどのような意

味だと思ったか。

1. 子どもに対して立派なことを言って、子どもに尊
　敬されるようにという意味。
2. 子どものようにすぐ感情を表さないで、常に冷静
　でいるようにという意味。
3. 子どもと同等の立場で、子どもの気持ちをよく理
　解するようにという意味。
4. 自分の意見を持って、子どもの行動によく口出し
　するようにという意味。

問2　この子どもは「大人」ということをどのように、と
　　　らえているか。

1. 子どもを持っている人は大人で、子どもを持って
　いない人は大人ではない。
2. 孫を持っている人は大人で、孫を持っていない人
　は大人ではない。
3. 子どもは必ず大人になるが、中には体の小さい大
　人もいる。
4. 体が大きい人は大人で、体が小さい人は大人では
　ない。

問3　「うーんなるほど①」とあるが、このとき筆者はど
　　　んなことを考えたか。

1. 年をとって、小さくなったおばあちゃんを大事に
　しようと思った。
2. 息子も大人の会話ができるようになったと思っ

た。

3. 自分ももっと大人になったほうがいいと思った。

4. 自分より夫の方が大人だと思った。

問4 「後ろ姿がいつもより大人びて見えた②」とあるが、なぜそう見えたのか。

1. 子どもの言葉によって、いろいろ考えさせられたから。

2. 子どもが一人で手を振りながら歩いて行ったから。

3. 子どもなのに大人のような口の聞き方をしたから。

4. 子どもがおばあちゃんの心配をしているから。

語彙練習

一、発音を聞いて、対応する日本語の常用漢字を書きなさい。

1. _____ ; 　 2. _____ ; 　 3. _____ ; 　 4. _____ ;

5. _____ ; 　 6. _____ ; 　 7. _____ ; 　 8. _____ ;

9. _____ ; 　 10. _____ 。

二、次の文の_____に入れる言葉として最も適切なものを一つ選びなさい。

1. その一言でボクは言葉が出ない_____、全てのことを忘れた。

2. 何だか＿＿＿＿笑って話していたような気がします。

3. ＿＿＿＿芽生える希望も 一晩たって目が覚めると 泡のように消えていく。

4. 年の冬は寒さが厳しいかもしれません。＿＿＿＿日々の気温の差があまりに激しく、体調管理に苦労する毎日です。

5. その前の道を進みます。＿＿＿＿左手側に線路が見えてきますのでそのまま線路沿いに歩きます。

A. たまに；　　　　B. すると；　　　　C. くらいに；
D. 一日中；　　　　E. それにしても

三、言葉の理解

1. 例　文

〜ことにして

1. ぼくも買いたいと思ったが、高いのでなかったことにして買うのをやめた。

2. 相殺して差し引きゼロってことにして貰えるのではないか。

3. 先の記事が自分に関することにしては妙にストレートな表現に偏っている。

2. 会　話

田中：部長、来週の日曜日もお仕事ですか。

部長：まあ、いちおう、やらなけりゃ。

田中：部長、いい年した部長さんがやる**ことにしては**。

部長：大丈夫。でも、やるからには「とことん！」

これが私の性格だ。ところで、その日、残業した後、高知の店で、土佐料理を食べよう。

田中：はい、そうさせていただきましょう。

3. 拡大練習

考えられる言葉を入れてみよう。

＿＿＿＿＿＿＿＿

＿＿＿＿＿＿＿＿

＿＿＿＿＿＿＿＿＋ことにして

＿＿＿＿＿＿＿＿

＿＿＿＿＿＿＿＿

 完全マスター ⋘

1. スポーツの楽しさが認知（　　　　）よう努力しています。
   1. される　　　　　　　　2. させる
   3. させられる　　　　　　4. されます

2. （　　　　）述べてみたいと思います。
   1. もうすこし　　　　　　2. もうたくさん
   3. もうちょうど　　　　　4. もうすでに

3. （　　　　）くだけた日本語も使ってもいいんじゃないですか。
   1. おまけに　　　　　　　2. たくさん
   3. いつも　　　　　　　　4. たまには

4. 痛いと感じる（　　　　）強く押したり揉んだりしてください。

1. ほどに　　　　　　　　　2. くらい

3. だんじて　　　　　　　　4. だけに

5. 地方でも独自の技術（　　　　）いろいろ持って頑張っている会社もたくさんある。

1. たいてい　　　　　　　　2. ずいぶん

3. とか　　　　　　　　　　4. くらい

6. 500円で泊まれるホテル（　　　　）あるか。

1. なにせ　　　　　　　　　2. どうせ

3. などが　　　　　　　　　4. なんて

7. この条例に関しては、一般の市民にわかりやすく説明して（　　　　）ことが課題である。

1. いく　　　　　　　　　　2. くる

3. くれる　　　　　　　　　4. もらう

8. 連休のため、（　　　　）一日早く発行します。

1. かつてよりも　　　　　　2. いつもより

3. 以前より　　　　　　　　4. 過去よりも

9. 長引く不況で節約（　　　　）と思うことが多くなっている。

1. しないと　　　　　　　　2. しなくては

3. しないでは　　　　　　　4. しなければ

10. 私たちはよく「はやく元気に（　　　　）」と人を励まします。

1. するね　　　　　　　　　2. なったね

3. なってね　　　　　　　　4. してね

中 文 2

　自分の気持ちを言葉にして身近な人に話しかけるとき、抽象的な表現をしても、相手には何のことかピンとこないことが多いはずです。言いたいことは常に具体的に①。これが大切です。

　どうしても伝えたいことがある。しかし、分かりやすい表現できない。そんなときは、伝えたい内容を示す具体的な例はないかな、と考えてみるのです。

（中略）

　あなたにだれかが話しかけてきたと考えてください。このとき、あなたが知っている人の名前や、行ったことがある土地の名前が出てくると、思わず話に引き込まれることがあるはずです。聞いたこともない国の地名が出てきて、その国が抱える問題点を聞かれても、「だから、どうしたの?」と聞き返したくなる②かもしれません。

　会話は、相手が参加してくれてこそ成立します③。だったら、相手を話題に引き込む材料が必要です。それが、具体例なのです。あるいは、お互いにがよく知っている固有名詞なのです。

　　　（池上彰『相手に「伝わる」話し方』講談社による）

読解練習

文章を読んで、それぞれの問いに対する答えとして最も適当なものを1、2、3、4から一つ選びなさい。

問1　「言いたいことは常に具体的に①」の後に続くと予測されるものはどれか。

1. はなさなくてもよい。
2. 表さなければならない。
3. 思い出すかもしれない。
4. わかるようになるだろう。

問2　「聞き返したくなる②」のはなぜか。

1. 自分の話す内容に相手に関心がないから。
2. その国の話題について自分は興味がないから。
3. その話しは自分にはあまり関心がないことだから。
4. 相手に関心のない話題に自分も興味がないから。

問3　「会話は、相手が参加してくれてこそ成立します③」とはどんな意味か。

1. 会話の相手に話したいと思わなければ、会話はできない。
2. 相手が身近な人なら話題に引き込まれて会話ができる。
3. 会話の相手によっては話し方を変えていては、会話はできない。

4. 会話の相手は具体例がなくても会話に参加することができる。

語彙練習

一、発音を聞いて、対応する日本語の常用漢字を書きなさい。

1. _____ ;　　2. _____ ;　　3. _____ ;　　4. _____ ;

5. _____ ;　　6. _____ ;　　7. _____ ;　　8. _____ ;

9. _____ ;　　10. _____ 。

二、次の文の_____に入れる言葉として最も適切なものを一つ選びなさい。

1. 乗り物酔い_____人は搭乗前に薬を内服しましょう。

2. 誰もいない_____の兄の部屋からゴホッゴホッと咳をする音が聞こえたんです。

3. お持ちの不動産を貸し_____方をお手伝いします。

4. 本当は会っていないはずの人と会った、と言っている場所について、ウソをついている人間に絵を描かせ_____、細かいところが抜け落ちていたりするのです。

5. 知識の量を増やすのではなく考える訓練をすることに_____学校の存在価値がある。

| A.はず;　　　　B.たい;　　　　C.こそ; |
| D.しやすい;　　E.てみると |

三 、言葉の理解

1. 例　文

～やすい

1. 統一地方選挙を控え、障害を有する有権者が投票しやすいよう投票環境の向上を検討している。

2. オンラインショッピングではなぜ失敗しやすいのだろうか。これを防ぐ手はあるのだろうか。

3. ひとり客が多い傾向にあるため、仕事がしやすい適度なプライベート感を得ることができます。

2. 会　話

講師：今、講義のポイントをまとめよう。吉田君、あなたはいかがですか。

吉田：話し手と聞き手の役割は交替して、きゃッチボールのように投げ合うのが、受け**やすい**ようです。

講師：それで、話し手と聞き手との会話はどのようなうまく聞き取れるか。杉本君。

杉本：いわゆる、聞き上手は話し上手、と言われるように、聞くことが大事。

講師：そうだね。話すことがない、話題がない、となると、他人と交流できないよ。話し好きな人、地位や肩書のある人、年齢があなたより上の人などは聞かれることを非常に喜ぶよ。相手に喜ばれ、さらい相手のもっている知識、情報、体験などを仕入れることができるから、聞くことをためらうことは損となる。

3. 拡大練習

考えられる言葉を入れてみよう。

＿＿＿＿＿＿＿＿

＿＿＿＿＿＿＿＿

＿＿＿＿＿＿＿＿＋やすい

＿＿＿＿＿＿＿＿

＿＿＿＿＿＿＿＿

 ## 完全マスター «

1. 先生の説明がはっきりしないので聞（　　　　）。
   1. きわすれた　　　　　　　2. いてもらった
   3. いてしまった　　　　　　4. きかえした

2. 私は生クリームをたっぷり使って、パンを作った。
   中はふんわり、ほんのり甘みを感じる食パンです。
   あまりの美味しさに（　　　　）自分で自分を褒めて
   しまった。
   1. 自然に　　　　　　　　　2. 思わず
   3. なんどうしても　　　　　4. 知らずに

3. 警察によると、4人は友人から、この店の窓のある
   個室は食い逃げ（　　　　）と聞いて入店し、「普段
   食べられない高いものを食べようと思った」と供述
   した。
   1. させられる　　　　　　　2. られる
   3. しやすい　　　　　　　　4. しにくい

4. ゲームセンターでは騒音がひどく、電磁波も
   （　　　　）嫌いだ。

1. 出てきて　　　　　　　2. ありうるので
3. 出るから　　　　　　　4. あったため

5. スポーツでもゲームでも自分でやって（　　　）、
おもしろさがわかる。
1. みて　　　　　　　　　2. あって
3. こそ　　　　　　　　　4. おいて

6. 英語の授業は、丸暗記（　　　）やりたくない。
1. だらけで　　　　　　　2. こそ
3. ばかりに　　　　　　　4. のみ

7. 強引に言っ（　　　）図々しい人が二週間泊めてく
れと頼みに来た。
1. てくる　　　　　　　　2. てくれる
3. てもらう　　　　　　　4. てあげる

8. 教師が知っ（　　　）子どもの緊急救急マニュアル
及びリーフレットを作成した。
1. たらいい　　　　　　　2. たならば
3. ておきたい　　　　　　4. ておけば

9. 周囲にも認定資格を所持者がいるので目標に
（　　　）ですし、そういう意味では勉強はとても
しやすいと感じます。
1. しやすい　　　　　　　2. なりやすい
3. しにくい　　　　　　　4. なりにくい

10. カードの束に混ぜた（　　　）のカードがなぜか、
いつの間にか一番上に移動している。
1. はず　　　　　　　　　2. わけ
3. 具合　　　　　　　　　4. 都合

中　文　3

　国民の多くが、自分たちのいいように税金を使ってほしいと考えている。道路を作ってもらいたいとか、学校をたくさん作ってほしいとか、反対に何もつくらなくていいから、その分税金を安くしてほしいとか、いろいろな意見がある。

　税金は国民が払ったものである。しかし、税金が自分たちの都合のいいように使われないと言って、<u>政府を批判するのはどうかと思われる①</u>。

　税金の使い道は、必ずしも国民の思いどおりにはならない。ある国民にとって都合のよい使い道であっても、国全体から見るとそうではない場合があるからである。たとえば、税金を使って、ある県に高速道路が作ったと考えてみよう。その県の人々にとっては、高速道路が作られれば生活が便利になる。観光客も増える。（②）、同じだけの税金を払っている他の遠くの県の人にとっては、その高速道路を使う機会は全くないだろう。

　このように、税金を全体にバランスよく使うことは難しい。したがって、国民は自分たちの直接の利益にならないといって、単純に政府を批判するべきではない。一方で、政府もできるだけ不公平が生じないように、十分気をつけて税金を使ってもらいたいものである。

 読 解 練 習

　文章を読んで、それぞれの問いに対する答えとして最
も適当なものを1、2、3、4から一つ選びなさい。

問1　「政府を批判するのはどうかと思われる①」とある
　　が筆者の考えは最も近いものはどれか。
　　1. 政府の決定に賛成だ。
　　2. 政府の決定に反対だ。
　　3. 政府の批判に疑問がある。
　　4. 政府批判と同様の意見だ。

問2　（　②　）に入れる最も適切な言葉はどれか。
　　1. しかし　　　　　　　2. それで
　　3. したがって　　　　　4. そのうえ

問3　本文の要約として最も適切なものはどれかか。
　　1. 税金が自分たちにとって都合よく使われるよう
　　　に、国民は政府を批判していくべきである。
　　2. 政府はいつも国民に平等に利益があるように税金
　　　を使っているので、批判されるべきではない。
　　3. 税金の使い道を決める時、政府は全体のバランス
　　　を重視しているので、不公平感が生じることは少
　　　ない。
　　4. 税金は全ての国民にとって直接利益になるわけで
　　　はないがそれを平等に使うよう努力するべきであ
　　　る。

〈語〉〈彙〉〈練〉〈習〉

一、発音を聞いて、対応する日本語の常用漢字を書きな
さい。

1. _____ ;　2. _____ ;　3. _____ ;　4. _____ ;

5. _____ ;　6. _____ ;　7. _____ ;　8. _____ ;

9. _____ ;　10. _____ 。

二、次の文の_____に入れる言葉として最も適切なものを
一つ選びなさい。

1. 休みに出なくて _____ 平日に頑張っています。

2. 恥ずかしいからやめ _____ と思う。

3. 誰かが買うならやらせて _____ な。

4. これを飲むと寝 _____ し疲れもしない薬です。

5. _____ 解約した方が良いというわけではありませ
ん。

> A. もらいたい;　　B. なくていい;　　C. てほしい;
> D. いいように;　　E. 必ずしも

三、言葉の理解

1. 例　文

～てほしい

1. あなたに金持ちになっ<u>てほしい</u>。

2. 僕は自分の子供達には「常に人と接する仕事」
をし<u>てほしい</u>と願っている。

3. こんな人に戻ってき<u>てほしく</u>なかった。

2. 会　話

患者：先生、明日、帰宅でもるがどうが、判断して**ほしい**と思いますが。

医者：いや、いまの病状から見て、帰宅して**ほしく**ないなあ。

患者：はい。ところで、来月中旬ごろ退院させてもらいたいと考えていますが。

医者：そのときに、また様子を見て、判断させていただきます。

患者：それでは、お願い致します。

3. 拡大練習

考えられる言葉を入れてみよう。

　　_____

　　_____

　　_____＋てほしい

　　_____

　　_____

 完全マスター ≪

1. そんな言い方が不快な人の言葉は（　　　　）。

　　1. 聞きたい　　　　　　　2. 聞かない

　　3. 聞いてもいい　　　　　4. 聞かなくていい

2. なんだか（　　　　）のいい方向に事が運ぶような気がします。

　　1. 都合　　　　　　　　　2. 具合

　　3. 配合　　　　　　　　　4. 調合

3. なんだか、臨時職員は（　　　　）使われているとし
か思えなくなってきた。

　　1. 最後に　　　　　　　　　2. ひとりでに

　　3. いいように　　　　　　　4. 一向に

4. 子どものけんかには親が口出しするのは（　　　　）
と思います。

　　1. いかが　　　　　　　　　2. どうか

　　3. なにか　　　　　　　　　4. なんだか

5. 人生は、（　　　　）思うようになるとは限らない。

　　1. どうしても　　　　　　　2. ちっとも

　　3. 必ずしも　　　　　　　　4. すこしも

6. 古本屋にすぐ売られてしまう本は所詮売った人
（　　　　）それだけしか価値のない本なのだと思う。

　　1. にとって　　　　　　　　2. によって

　　3. にして　　　　　　　　　4. になって

7. 人間は、知識として知っているから（　　　　）それ
を実際必要になったときに思い出せるとは限らない。

　　1. となって　　　　　　　　2. といって

　　3. とあって　　　　　　　　4. とあいまって

8. 余分な緊張を取り除きながら（　　　　）姿勢を整
えていく。

　　1. 心配なく　　　　　　　　2. かぎりなく

　　3. バランスよく　　　　　　4. 元気よく

9. 3時間近い上映時間でも（　　　　）無駄がない。

　　1. なるべく　　　　　　　　2. ごく

　　3. あやうく　　　　　　　　4. まったく

10. 生物多様性の喪失は、新たな医薬品の開発が滞り、地球温暖化による影響が増大することにつながる（　　　　）である。

1. から
2. なの
3. もの
4. こと

中　文　4

　人間の頭のはたらきには、好ききらいとか、美しいとか、きたないとかいうことを感じるはたらきもあれば、また、こういうことをしては悪いとか、よいとかいうことを考えるはたらきもある。しかし、水が高い所から低いほうへ流されたり、太陽が毎朝東から出たりすることは、好ききらいとか、よい悪いとかには関係のないことである。人間がなんと思っても、人間とは関係なくそういう法則があるのであって、一方、人間にはまた、そういう法則を知る頭のはたらきがある。自然科学は、自然界にあるものの本体と法則とを知る学問であるから、科学の範囲では、すべてのものの見方を、この知るということだけに集中する。

　ことに、人間のふんがあったとする。それはたしかにきたないものである。また、人目につく所にそんなものを置くのは悪いことである。しかし、ふんを分析して、消化吸収されないで残っている栄養分がどれだけあるかを調べている人には、ふんは、自然界にある一つの「もの」であ

る。その人にとっても、もちろん、ふんはきたないもので
あるが。しかし、科学の対象としては、きたないもきれい
もなく、ただ一つの「もの」があるだけである。だから、
科学の世界には、きたないものはない。

（中谷宇吉郎著『科学と人生』、河出書房による）

 読解練習

　文章を読んで、それぞれの問いに対する答えとして最
も適当なものを1、2、3、4から一つ選びなさい。
問1　筆者が主張している自然科学とはどういうものか。
　　　1. すべてのものの見方を知ることに集中する。
　　　2. 人間には法則を知る頭のはたらきがある。
　　　3. 科学の世界には、きたないものがない。
　　　4. 自然界にあるものの本体と法則とを知る学問。

問2　筆者がこの文章で「科学」の解釈として、どんな具
　　　体的な例を挙げているか。
　　　1. 人間の頭は好ききらいとか、美しいとか、きたな
　　　　　いというはたらきがある。
　　　2. 水が高い所から低いほうへ流れる。
　　　3. 太陽が毎朝東から出たりする。
　　　4. ふんでもものとして見る。

問3　筆者がこの文章のなかで、科学は人間の頭や好き嫌
　　　いとはどのように見ているのか。正しいものを一つ

選択せよ。

1. 科学的な頭の働きが人間の好き嫌いとか良いわるいなどとは関係がある。

2. 人間はふんのようなきたないものを科学の対象とみなさない。

3. 科学法則は、人間の好き嫌いや良き悪きとは関係なく存在している。

4. 科学的な認識は、美悪など人間のたらきのような法則とは関係がない。

語 彙 練 習

一、発音を聞いて、対応する日本語の常用漢字を書きなさい。

1. ＿＿＿；　2. ＿＿＿；　3. ＿＿＿；　4. ＿＿＿；

5. ＿＿＿；　6. ＿＿＿；　7. ＿＿＿；　8. ＿＿＿；

9. ＿＿＿；　10. ＿＿＿。

二、次の文の＿＿＿に入れる言葉として最も適切なものを一つ選びなさい。

1. 忘れ去られる過去も＿＿＿忘れてはならない過去もある。

2. メインのお料理にドリングがついてこの価格ですから、銀座＿＿＿かなり良心的といえます。

3. あごをひいて上を見上げ＿＿＿ときなどに、左目だけ右目より先に上に行きます。

4. 私だけでは_____言っていいかよく分かりません。

5. 最近になって、ようやく入り口など人目に_____場所にマスクを置く薬局を目にするようになってきた。

A. にしては；　　　B. なんと；　　　C. あれば；
D. つく；　　　　　E. たりする

三、言葉の理解

1. 例　文

〜だけ

1. 子どもには、全力を出すことだけを意識させればいい。

2. そのスクール行くことだけで満足しているのでは、あなたの力はつきません。

3. 私はなにかにハマるとそのことだけに熱中してしまいます。

2. 会　話

子供親：先生、うちの子はどうでもいいことを延々と喋って、困っています。

先生：女の子は、男子と違うから精神的には、お喋りがすきです。

子供親：具体的に、どう対応したらよいでしょうか。

先生：そのとき、女の子が好きな話題を喋るだけ喋らせてあげましょう。

子供親：はい。

3. 拡大練習

考えられる言葉を入れてみよう。

＿＿＿＿＿＿

＿＿＿＿＿＿

＿＿＿＿＿＿＋だけ

＿＿＿＿＿＿

＿＿＿＿＿＿

完全マスター

1. 月面（　　　）かなり大量の水が存在している。
   1. には　　　　　　　　　2. では
   3. にて　　　　　　　　　4. でも

2. 毎晩、食べては吐き、食べ（　　　）吐きと繰り返しています。
   1. でも　　　　　　　　　2. では
   3. ては　　　　　　　　　4. ても

3. 弟に（　　　）言ってあげればよかったのでしょうか。
   1. なに　　　　　　　　　2. なにも
   3. なんと　　　　　　　　4. なにせ

4. 生まれた出身地、性別に関係（　　　）、誰に対しても公平でなくてはならない。
   1. なくて　　　　　　　　2. なく
   3. ないで　　　　　　　　4. がなく

5. 貯蓄が得意（　　　　）といって、投資に向いている
とは限らないということを、よく理解しておいた方
がいいと思う。

   1. であるから　　　　　　　2. ですから
   3. であるため　　　　　　　4. であるのに

6. 環境学会でガソリンを使わなかった（　　　　）新た
な研究が発表された。

   1. として　　　　　　　　　2. ときく
   3. とする　　　　　　　　　4. となる

7. この先にもう1箇所下関の町を見下ろせる（　　　　）
ホテルがあった。

   1. ところから　　　　　　　2. ところも
   3. ところで　　　　　　　　4. ところに

8. もちろん何が正しいかは（　　　　）誰にも分からな
い。

   1. たしかに　　　　　　　　2. にわかに
   3. わずかに　　　　　　　　4. はるかに

9. 消火栓は目に（　　　　）事が重要だと思うので、赤
く塗られている。

   1. する　　　　　　　　　　2. つく
   3. 入る　　　　　　　　　　4. 見る

10. 微小な針が多数ついたゴムを皮膚にはる（　　　　）
で接種できるインフルエンザワクチンがアメリカで
開発された。

   1. のみ　　　　　　　　　　2. おかげ
   3. ばかり　　　　　　　　　4. だけ

　　人間の愛情とか道徳観とかいうものからは離れて、もの
とか法則とかをそのままの形で知ろうとすることが、広い
意味での科学的なものの見方である。希望や感情のはいっ
た議論は、その人の気持ちが強くはいっているので、とか
くまちがったことになりやすい。科学的なものの見方で
は、ことがらの本筋だけを見るのであるから、まちがえ
ば、ほかの人にすぐわかる。そこで、たがいに話しあって
みれば、大きいまちがいに陥る危険は少ない。

　　われわれの生活には、つまらないちょっとした感情のい
きがかりなどで、いろいろなことがひっかかることがよく
ある。そういうときに、ちょっと科学的な見方をして、こ
とがらの本筋だけを見るくせをつけると、ずっと住みよい
国になるであろう。

　　　　　　（中谷宇吉郎著『科学と人生』、河出書房による）

 〈読〉〈解〉〈練〉〈習〉

　　文章を読んで、それぞれの問いに対する答えとして最
も適当なものを1、2、3、4から一つ選びなさい。
問1　科学的なものの見方の効用はなにか。
　　　　1.科学的なものの見方では、ことがらの本筋だけを
　　　　　見るのであるから、大きなまちがいをしないこと

はない。
2. 人の気持ちをまじえないで、ものの本筋だけを見るので、大きな誤りに陥らない。
3. 人間の感情や道徳観から離れず、ものや法則を知ることが科学的なものの見方である。
4. 人の愛情とか希望などがはいった議論は、そのひとの気持ちが強くはいっているので、とかくあやまらないことになりやすい。

問2　筆者がこの文章で科学的な見方として、どのようにすすめているのか。
1. 愛情や道徳観から離れて、ものごとを考えよ。
2. 希望や感情のはいった議論はまちがいになりやすい。
3. 科学的に事柄の本筋だけを見よ。
4. ものや法則をそのままで知ろう。

語　彙　練　習

一、発音を聞いて、対応する日本語の常用漢字を書きなさい。

1. _____ ；　2. _____ ；　3. _____ ；　4. _____ ；
5. _____ ；　6. _____ ；　7. _____ ；　8. _____ ；
9. _____ ；　10. _____ 。

二、次の文の＿＿＿に入れる言葉として最も適切なものを
一つ選びなさい。

1. 待合室が今でも＿＿＿の姿で利用されていたこと
   に、とても嬉しい。
2. 介護の現場＿＿＿違う仕事についた人が多い。
3. ＿＿＿するうちに一年が過ぎた。
4. 春は空気が乾燥し、火災が発生し＿＿＿季節である。
5. ＿＿＿ことに気をつけるだけでぐっと話の印象が変
   わってくる。

A. とかく；　　B. やすい；　　C. ちょっとした；
D. そのまま；　E. から離れて

三、言葉の理解
1. 例　文

　～とかいう

1. 国勢調査とかいう封筒をもらった近所に住むとい
   うおじいさんが家に来た。
2. ここが学園都市とかいう都市ですか。
3. 格言とか名言とかいうものは、よく解釈できなく
   ても、驚くほど役に立つ。

2. 会　話

　学生：先生、最近よく耳にするISO9000取得とかい
　　　　う言葉はなんですか。
　先生：ISO9000取得企業とかいう張り紙が見られる
　　　　ことがあるだろう。
　学生：それは、どう読みますか。何の意味ですか。

先生：あいそきゅうせんとか、いそきゅうせんとか
　　　と読むが、品質管理に関する国際標準に達し
　　　た企業のことだよ。

3. 拡大練習
考えられる言葉を入れてみよう。

＿＿＿＿＿＿＿

＿＿＿＿＿＿＿

＿＿＿＿＿＿＿＋とかいう

＿＿＿＿＿＿＿

＿＿＿＿＿＿＿

 完全マスター «

1. もしアップルが電話（　　　　）スタートしていたら
それは明らかな間違いだった。
　　1. ということより　　　　2. ということから
　　3. というものから　　　　4. というものより

2. 誰の友にも（　　　）人間は、誰の友人でもない。
　　1. なろうという　　　　　2. なりたいとする
　　3. なるとする　　　　　　4. なろうとする

3. 知に働けば角が立つ。情に掉させば流される。
　　（　　　　）この世は住みにくい。
　　1. なにせ　　　　　　　　2. とかく
　　3. とても　　　　　　　　4. わっと

4. 宗教・政治・野球は、言い争いに（　　　　）話題な
ので、あらかじめ避けよう。

1. なりやすい　　2. ならざる
3. なるだろう　　4. なろうとする

5. 集合写真などから顔の部分（　　　）抜き出せば一度に顔写真が作れる。
1. のみに　　2. すらへ
3. ばかりで　　4. だけを

6. 会釈は、廊下ですれ違うときや（　　　）お礼のときなどにおこないます。
1. ちょっとする　　2. ちょっと
3. ちょっとした　　4. すこしだけ

7. 人間は、なぜか（　　　）以外のことに目がいってしまうものなのである。
1. 本当　　2. 本筋
3. 本体　　4. 本分

8. いいたいことを短く簡潔にまとめる（　　　）つけることで、自分も話しやすくなるし、相手にとっても聞きやすくなる。
1. くせを　　2. 慣習を
3. しきたりを　　4. 習癖を

9. 私はこの字を（　　　）間違えていて、こう書いてたんです。
1. さも　　2. たとい
3. さすがに　　4. ずっと

10. 北海道知床の町で（　　　）暮らしてみませんか。
1. ちょっと　　2. すこし
3. まんざら　　4. わずか

中 文 6

　終戦直後、貨物列車が客車の代わりになっていました
が、いつもぎゅうぎゅうのすし詰め状態で、場合によって
は、体が列車の中に入らずに、ぶら下がるような状態で我
慢しなくてはならない。時間がたつと疲れてだんだん胸が
しびれてくる。激しいカーブが続くとこのまま落っこちて
しまうのではないかと、身の危険さえ感ずるようになる。
　そうした時に、その男はかならずおもしろい冗談を言
う。自分たちを木にしがみついている猿に例えたような冗
談を、それも実に的確な表現をする。すると必死になって
しがみついている連中がみんなわあっと笑って、また、何
分か持ちこたえることができるわけです。そんな時①、例
えば、「しっかりしろ、手を離したら死んじゃうぞ。」と
真剣にどなるよりも、そうした的確な冗談のほうがよほど
元気を与えられるものです。
　（中略）
　（③）、本当につらい、厳しい状況にある人にとって、
必要なのは笑い②ではないか、しかも笑いでみんなを元気
づけることのできる人は、やはりみんなと同じ苦しい状況
に身を置いていなくてはならないのではないかと思うので
す。

　　　　　　　　　（山田洋次著『映画と私』による）

 読解練習

　文章を読んで、それぞれの問いに対する答えとして最も適当なものを1、2、3、4から一つ選びなさい。

問1　「そんな時①」とは、どんな時のことか。

　　　1. 的確な冗談を言って、元気の時。

　　　2. 必死になってしがみついてみんなが笑う時。

　　　3. 列車の外にぶらさがって、我慢する時。

　　　4. 激しいカーブで落ちる危険を感ずるとき。

問2　②のところで、筆者が言う「笑い」はどのような笑いのことか。

　　　1. 冷笑　　　　　　　　　　2. 哄笑

　　　3. 嘲笑　　　　　　　　　　4. 苦笑

問3　（③）に入れる言葉を選択せよ。

　　　1. それから　　　　　　　　2. そこから

　　　3. ですから　　　　　　　　4. そのことから

 語彙練習

一、発音を聞いて、対応する日本語の常用漢字を書きなさい。

　　　1. _____ ;　　2. _____ ;　　3. _____ ;　　4. _____ ;

　　　5. _____ ;　　6. _____ ;　　7. _____ ;　　8. _____ ;

　　　9. _____ ;　　10. _____ 。

二、次の文の＿＿＿＿に入れる言葉として最も適切なものを
一つ選びなさい。

1. 腕の＿＿＿＿開発されたロボットアームは、腕の不自
由な人に代わって、テーブルに置いたカップをつか
み、口元に運ぶことなどができる。

2. 授業中に隣の席の男子がご飯の＿＿＿＿に詰まった、
でっかい弁当箱を 教科書で隠しながら、早弁して
いた。

3. とても忙しいですから、食＿＿＿＿夜まで働きまし
た。

4. 若者のバイク離れ、車離れ＿＿＿＿、交通事故が減っ
ている。

5. 年を取る毎に、＿＿＿＿寒さに弱くなっていってる気
がする。

> A. ぎゅうぎゅう；　　B. だんだん；　　C. によって；
> D. べずに；　　　　　E. 代わりになって

三、言葉の理解

1. 例　文

～によって

1. 日本の食糧供給は自給率が低いから国際価格の上
昇によって影響を受ける。

2. なつかしさは、年齢によって変化するものであ
る。

3. 為替相場が変動することによって利益と損失が発
生する。

2. 会　話

乗客：夕張駅まで、普通乗車券が発売されていますか。

駅員：普通列車が運行していないため、運行期間による特急列車の普通車自由席料金がをご利用できます。

乗客：運賃はどう計算しますか。

駅員：お客さんは、閑散期など**によって**、特急列車料金の割引、割増があり、「Sきっぷ」などのお得なきっぷが選択できます。

3. 拡大練習

考えられる言葉を入れてみよう。

_____

_____

_____＋によって

_____

_____

完全マスター

1. 花子は太郎に夕食を作ってあげる（　　　　）、数学を教えてもらった。
   1. 代わり　　　　　　　　2. 代わりから
   3. かわりで　　　　　　　4. 代わりに

2. 天神祭で、道路が人で（　　　　）詰めとなった。
   1. ぎりぎり　　　　　　　2. きしきし

3. ぎゅうぎゅう　　　　　　4. しゅうしゅう

3. ひとりで悩ま（　　　　）ご相談ください。
　　1. ずに　　　　　　　　　2. なく
　　3. なくて　　　　　　　　4. なしで

4. ひと月ほど前の緑々してた木々たちも、（　　　　）黄色ずいてきた。
　　1. じょじょに　　　　　　2. だんだん
　　3. ちゃくちゃくと　　　　4. おいおい

5. 胸が痛く張っ（　　　　）ような感じを覚える。
　　1. ている　　　　　　　　2. ていく
　　3. てきた　　　　　　　　4. てくれる

6. 胃がキリキリ痛み、ものを食（　　　　）下痢を起こしてしまうのです。
　　1. べれば　　　　　　　　2. べたら
　　3. べると　　　　　　　　4. べて

7. 勉強ができるようにならなくてもいい、大学に入れ（　　　　）すればそれでいい。
　　1. すら　　　　　　　　　2. さえ
　　3. だけ　　　　　　　　　4. まで

8. 質問すれば（　　　　）回答してもらえるのでしょうか。
　　1. きまって　　　　　　　2. たしかに
　　3. きっと　　　　　　　　4. かならず

9. 人の一生を時計一周24時間（　　　　）お話がある。
　　1. にする　　　　　　　　2. となる

3. にたとえた　　　　　4. として
10. 君の家までは（　　　　）の距離がありますか。
　1. よほど　　　　　　　　2. とても
　3. ずいぶん　　　　　　　4. たいへん

 中　文 7

　会話の技術は、運転技術とよく似ています①。ボーッと
運転をしていると、事故を起こしかねません。たとえば、
数人で楽しく盛り上がっているときに、いきなり入ってき
て、自分の話を始める人がいます。あれは、高速道路に加
速しないで進入してくる車のようなもので、本人は気づか
なくても、入った途端にクラッシュして入るのです。
　グループに加わりたいときは、まず黙って話を聞くこと
です。うなずきながらエンジンを温め②、他の車と速度を
同じくして会話に加わると、流れにうまく乗ることができ
ます。
　そのうえで、自分の話ばかりしないように注意するこ
と。人は誰でも、自分の話をしたがっているのですから。
会話は、ボールゲームのようなものです。サッカーでもバ
スケットボールでも、ひとりでボールを独占していたら、
次からは遊んでもらえなくなります。
　みんなで話しているとき、自分がどれだけ話をしたの
か、常に意識していることも必要です。特に、大勢で話し

ているときは、発言しない人により多くの意識を配ってください。おとなしい人は無視されがちですが、同じ場にいることに敬意を払って、その人にも話を振らないと。

　つくづく思いますけれど、会話ほど、個人のレベル差が大きいものはありません。充実した会話をしたいのであれば、それなりの準備や練習は必要なのです。私は練習することで得るものは大きいと思いますよ。その中に、人生を変える出会いや幸運が潜（ひそ）んでいるのではないでしょうか。

（斎藤孝『「できる人」の極意！』による）

　文章を読んで、それぞれの問いに対する答えとして最も適当なものを1、2、3、4から一つ選びなさい。

問1　会話の技術は、運転技術とよく似ています①とあるが、この文章ではどんなところが似ていると述べているか。

　　1. 運転で他の車に注意が払える人は会話でも他者に敬意が払えるところ。

　　2. 会話も車の運転も技術が高ければ仲間と楽しい時間を過ごせるところ。

　　3. 会話も車の運転のように他者とペースを合わせることが求められるところ。

　　4. 車の運転で事故を起こさない人は会話も同じように慎重に進められるところ。

問2 <u>うなずきながらエンジンを温め②</u>とあるが、ここで
はどういうことか。

　　1. 人の話に軽く返事をしながら車のエンジンを温め
　　　ること。

　　2. 自分の話を聞いてもらいながらグループの話も聞
　　　くこと。

　　3. まずは人の話を聞きながら会話に加わる準備をす
　　　ること。

　　4. 静かに自分の話しをしながら次の話題に移るのを
　　　待つこと。

問3 みんなで会話をしているときには、どのような注意
が必要だと述べているか。

　　1. 自分の発言量を意識しながら、おとなしい人にも
　　　話してもらうようにすること。

　　2. 発言が少ない人やおとなしい人の話をよく聞き、
　　　それに答えるようにすること。

　　3. ふだん発言しない人も、みんなの話をよく聞いて
　　　会話に参加するようにすること。

　　4. おとなしい人も、大勢で話すときは意識して他の
　　　人に話しかけるようにすること。

〈語〉〈彙〉〈練〉〈習〉

一、発音を聞いて、対応する日本語の常用漢字を書きな
さい。

　　1. _____;　　2. _____;　　3. _____;　　4. _____;

5. ＿＿＿＿＿；　　6. ＿＿＿＿＿；　　7. ＿＿＿＿＿；　　8. ＿＿＿＿＿；

9. ＿＿＿＿＿；　　10. ＿＿＿＿＿。

二、次の文の＿＿＿＿＿に入れる言葉として最も適切なものを一つ選びなさい。

1. 人の心配＿＿＿＿＿、あなたこそ少し休みなさいよ。

2. 一年生に＿＿＿＿＿、ともだちが100人 できるかな。

3. 人生は思ったよりも不幸じゃない。人生の終りを味わった＿＿＿＿＿の不幸な出来事が襲い掛かって精神が酷い状況に追い込まれていた。

4. 新年度が始まった＿＿＿＿＿入院して就活を見事にすっぽかした。

5. 野菜や水分を十分に取らないと、体を壊すことになり＿＿＿＿＿。

A. かねない；　　　B. ばかりしないで；　　　C. ほど；
D. なったら；　　　E. 途端に

三、言葉の理解

1. 例　文

〜に加わる

1. 今度初めてキーボードを買ってバンド活動に加わろうと考えている。でも今はお金がないんでキーボードを買えない。

2. 学級のレクリエーションに加わろうとしない子に「一緒にやらないか」と誘ってみた。

3. 契約担当役は、必要があると認めるときは、一般

競争に加わろうとする者に必要な資格を定めることができる。

2. 会　話

学生：男性と会話するときの技術はなにがあります。

講師：男の場合、服の色も形も似たり寄ったりなので、話しの勢いから判断され、自分上位にした話し方、成功談ばかり、会社や上司をばかにする言い方、否定的、マイナス思考の話し方をするなら、面接試験で落ちるよ。

学生：話すときに、どんな表情をすればよろしいでしょうか。

講師：明るく、いつもにこにこして、やさしい口ぶりで、ゆっくりしゃべること。これに加わって、相手の表情を観察しながら、いやとか、不快が表わされたら、話題を変えること。たまには、自嘲、冗句をまざって話すことが必要だ。

3. 拡大練習

考えられる言葉を入れてみよう。

_____
_____
_____＋に加わる
_____
_____

1. 仕事に追われて、なかなか（　　　）チャンスがないままである。
   - 1. 出会いの
   - 2. 待合
   - 3. 対面の
   - 4. 待ち合わせ

2. 先方に契約書を読んで（　　　）と成約にまでいかないよ。
   - 1. もらわない
   - 2. くれない
   - 3. いけない
   - 4. もらえない

3. 商品を値下げしたのに思った（　　　）売れないんです。
   - 1. とおり
   - 2. ほど
   - 3. そうに
   - 4. ぐらい

4. ゲームをプレイしていると（　　　）ドライブしているような感覚になるが、実は車は回転しているように見せているだけ。
   - 1. いかにも
   - 2. いくつも
   - 3. いくらも
   - 4. いずれも

5. 相手が（　　　）通話が無料になる夢のような定額プランが全国で開始する。
   - 1. いずれも
   - 2. どこでも
   - 3. だれでも
   - 4. どちらも

6. やはりこの時期に恋愛問題においては別れと（　　　）に関するご相談が増えるんです。
   - 1. たちあい
   - 2. おちあい

3. であい　　　　　　　　4. みあい

7.「似たもの夫婦」という言葉がありますが、経験則と
して似たもの同士の夫婦が多いことは実感していて
も、長年一緒に暮らしていると本当に性格や好みが
似てくるのか、それとも初めから自分と（　　　）相
手と結婚する人が多いのか、と疑問に思う。

1. 似つかわしい　　　　　2. 似ている

3. 似てくる　　　　　　　4. 似ていない

8. スピードが最大値に達（　　　）自動で次のサイク
ル運動に移動させられる。

1. していくと　　　　　　2. せば

3. すなら　　　　　　　　4. したら

9. 時速40キロでの正面衝突したとき、人（　　　）
衝撃は体重の30倍といわれています。

1. をぶつかる　　　　　　2. に対する

3. に加わる　　　　　　　4. へ衝く

10.「彼は管理職」に（　　　）、尊大に振る舞い始めた。

1. なった途端に　　　　　2. なっただけで

3. なったばかりに　　　　4. なるだけに

中　文　8

　会社で作ったワード（注1）やエクセル（注2）のファ
イルを自宅に持ち帰るとき、いちいちUSBメモリーにコピ

ーしたり、電子メールで自宅用のアドレスに送ったりする操作が面倒で…。そんな悩みを解消する新サービスが、A社の「ふじワークスペース」だ。

　インターネット上にファイルを保存し、利用できるようにするもの。五月末より試験運用が始まっている。ネット上にファイルを保管するサービス自体は、特に目新しいものではない。ふじワークスペースの特徴は、ワードやエクセルから直接ネット上のファイルを扱える点にある。ウェブサイトから更新プログラムを入手すると、ワードやエクセルに専用のメニューが追加される。そしてパソコン内のハードディスクと同じ感覚で、ネット上のファイルを開いたり、ネットに保存したりすることができる。

　　　　　　　　（『日経PC21』2008年9月号より）

注1：ワード：文書を作成するソフト。
注2：エクセル：表計算や作図をするソフト。

 読解練習

　文章を読んで、それぞれの問いに対する答えとして最も適当なものを1、2、3、4から一つ選びなさい。
問1　文章の内容と合っているのはどれですか。
　　　1. 会社で作成した文書を自宅に持ち帰るのはルール違反である。
　　　2. 自宅でも作業させられることに抵抗のある人が多い。

3.「ふじワークスペース」があれば、ファイル自体がいらなくなる。

4.「ふじワークスペース」を用いると、ハードディスクと同じ感覚でファイルが利用できる。

問2　ふじワークスペースの特徴に合わないことはどれ。

1. ワードやエクセルからネット上のファイル操作が簡単化。

2. 自宅用のアドレスに電子メールを送ったりする操作が面倒ではない。

3. ワードやエクセルから直接ネット上のファイルを扱える。

4. ウェブサイトからプログラムを更新したり、ワードやエクセルの専用メニューを追加したりすることが必須。

◇語◇彙◇練◇習◇

一、発音を聞いて、対応する日本語の常用漢字を書きなさい。

1. ＿＿＿＿＿ ；　　2. ＿＿＿＿＿ ；　　3. ＿＿＿＿＿ ；　　4. ＿＿＿＿＿ ；

5. ＿＿＿＿＿ ；　　6. ＿＿＿＿＿ ；　　7. ＿＿＿＿＿ ；　　8. ＿＿＿＿＿ ；

9. ＿＿＿＿＿ ；　　10. ＿＿＿＿＿ 。

二、次の文の_____に入れる言葉として最も適切なものを
一つ選びなさい。

1. Microsoft Office 2010 は、コンピューター、Windows
Mobile が搭載されたスマートフォン、_____Web
ブラウザーを使って、自宅や職場、あるいは学校で
最高の成果を出すための新しい強力な作業環境を提
供します。

2.「ベータ版のダウンロード数は900万件を超えてお
り、Office 2010の投入は、Office 製品 の歴史の中
で_____盛り上がりを見せています。

3. プリインストールの Office を根拠に、別のパソコン
へ小売されているアップグレード版のインストール
が、_____のパソコンからプリインストール済み
の Office を削除することを条件に認められておる。

4. 日本では Office 2007 において 新らしいプリインス
トール専用エディションとして登場している。
_____Office 2010 からは上記の代替として、Power-
Point の他に OneNote が加わった Home and Business
エディションが登場している。

5. インストーラで行うことは、まず使用許諾契約書の
承認、_____使用ユーザーの入力、インストール先
の選択、最後に必要なファイルのアーカイブからの
展開である。

A. つぎに；　　B. もともと；　　C. かつてない；
D. さらに；　　E. あるいは

三、言葉の理解

1. 例　文

～たり

1. 前日にパソコンの電源をおとし、翌日に電源を入れなおした時なのかこれは夜に両方のPCをシャットダウンさせて、翌日電源を入れ通常起動させた場合に、ネットワーク グループに表示され<u>たり</u>されなかっ<u>たり</u>します。

2. パソコン作っ<u>たり</u>してみた。初めてパソコンを自作した。ただ、当初は普通に動いてたのに、2～3日したらいきなり、電源が 付いたり消えたりしだして、最後にはファンすら回らなくなった。

3. パソコンの電源を入れても画面が真っ暗のままだっ<u>たり</u>、使用中に突然 Windowsが再起動することがあります。

2. 会　話

使用者：Windowsを起動すると、同時にスタートする常駐プログラムの種類について教えてください。

pcサービス会社：Windowsの起動と同時に起動し、常時システムを監視する、またその役割を果たすのに常に起動している必要のあるソフトウエア/プログラムを「 常駐プログラム（ または常駐ソフトウエア ）」といいます。

例えば、アンチウイルスソフトやMicrosoftメッセンジャーのようなインスタントメッセージングソフ

トといったアプリケーションの他、各種デバイス・ドライバーのユーティリティツールなどが挙げられます。

通常は該当アプリケーションまたはドライバーをインストールする際に、OSの起動時に自分も起動されるよう自動的に設定するか、任意のプログラムを常駐させるよう設定し<u>たり</u>することもできます。

特定のアプリケーションを使用すると動作が遅くなっ<u>たり</u>、使用中にフリーズするなどシステムのパフォーマンスが低下した場合、また起動時に問題が発生した場合などに、この常駐プログラムを起動させないように設定することで、問題が解決される場合があります。

3. 拡大練習

考えられる言葉を入れてみよう。

_____

_____

_____＋たり

_____

_____

 完全マスター

1. 次に該当する受験者は失格とし、試験途中で受験をお断りするとともに、今後も受験を（　　　　）する

などの対応を取らせていただきます。

   1. お続け   2. お断り

   3. お考え   4. 遠慮

2. ネット試験会場をお探しの方はお申込フォームから
必要事項を送信してください。（　　　）受験希望
地域のネット試験会場の情報をメールにてご紹介い
たします。

   1. ざらに   2. なお

   3. おって   4. そして

3. パソコンが故障した際にご連絡を頂ければ
（　　　）指定の運送業者が引き取りに伺います。

   1. 弊社   2. 同社

   3. 当社   4. 小社

4. 合否発表は、試験実施約1ヵ月後の予定です。試験
結果は試験会場にご連絡（　　　）、検定ホームペ
ージにて受験番号と試験結果を掲載いたします。

   1. と並行して   2. して

   3. しながら   4. するとともに

5. （　　　）メールマガジンご購読の方は修理工賃が
半額になります。

   1. 弊店   2. この店

   3. 本店   4. 当店

6. 当社販売のPCに他店の購入品が含まれる場合に
は、（　　　）パーツ1つにつき、¥1000の診断料
が加算されます。

   1. 適する   2. 当の

3. 該当   4. 当該

7. 他店ご購入パーツお持ちの際には、取り付けの結果相性等で動作できない可能性もございます。その場合にも作業料は発生致しますので予めご（　　　　　）下さい。

1. 了承   2. 理解
3. 承知   4. 了解

8. パソコン（　　　　　）パーソナルコンピュータの略です。何のために使うのかは一概に決められません。人それぞれによって違うからです。また何ができるかについてすべてを答えるのも難しいです。パソコンは命令さえ与えれば何でもやってくれます。

1. といって   2. とは
3. というのは   4. という

9. （　　　　　）ご自分で組み立てられない場合は、部品一式をお持ち込み、または送付（送料お客様負担）いただければ、パソコンが組み立ていたします。

1. いかほど   2. どのように
3. いかにしても   4. どうしても

10. まずは（　　　　　）当講座で基礎を学んでいただき、次のステップアップ編にもぜひチャレンジしてみてください。

1. 気さくに   2. さっぱり
3. お気軽に   4. こだわりなく

第三章　情報検索

> ## キーポイント
>
> 問題をまず読んでから文章を読むのもいい手だ。

情報検索　1

つきは川北市で開かれる市民セミナーの案内である。

2011年度　　川北市市民セミナーⅢ 「ビジネス場面での効果的なコミュニケーション法」 参加者募集のお知らせ

　仕事をスムーズ進めるためには、コミュニケーションをうまくとることが重要です。このセミナーでは相手に自分の考えを効果的に伝えるためのコミュニケーション法を学びます。

　昨年度も同じテーマでセミナーを開催し、多くの方が参加されました。

講師	山本桜子（心理カウンセラー 『社会人のコミュニケーション』山河出版　著者）
対象	川北市在住・在勤の18歳以上の社会人（川北市職員を除きます。）
受講料	無料
定員	40名　応募者多数の場合は抽選になります。結果ははがきでお知らせします。
日程	平成23年11月15日〜12月17日　毎週金曜日　全5回　19：00〜20：30
会場	川北市市民センター　第一会議室（川北市下町3−5−2）
申し込み方法 ①〜③のいずらかの方法でお申し込みくさい。	①川北市役所市民課窓口　受付時間：水曜日を除く10：00〜16：00 ②はがき ・「川北市民セミナーⅢ参加希望」と明記の上、住所、氏名、年齢、電話番号を記入して、申し込み締め切り日必着で、下記までお送りください。 ・はがき1枚につき1名のみ受付可能です。 〒223−0306 川北市上町2−3−5　川北市役所市民課　市民セミナー係 ③川北市役所ホームページ（http://www.city, kawakita.lg.jp/） ・市民セミナーのページからお申し込みください。 ・毎日午前4：00〜6：00はホームページの点検作業のため申し込みできません。
申し込み締め切り	平成23年10月7日（水）

昨年度セミナー受講者の声
●講師の指導が具体的でわかりやすかった。
●コミュニケーションの具体的なとり方の例を聞くことができ
て大変有意義だった。
●自分の話し方が客観的にわかり、今まで気がつかなかった自
分のくせを意識するようになった。

　文章を読んで、それぞれの問いに対する答えとして最
も適当なものを1、2、3、4から一つ選びなさい。
問1　この市民セミナーを受講できるのは次のうちのだれ
　　か。
　　1.市外から川北市の大学に通学している21歳の女性。
　　2.川北市のスーパーに勤務している35歳の男性。
　　3.川北市外の自宅で学習塾を開いている46歳の女
　　　性。
　　4.川北市役所の市民課に勤めている53歳の男性。
問2　このセミナーの申し込みについて、正しいものはど
　　れか。
　　1.定員が20名なので早く申し込む必要がある。
　　2.市役所で申し込む場合は、水曜日の決められた時
　　　間に行く。
　　3.はがきで申し込む場合は、1枚で何人でも申し込
　　　むことができる。
　　4.ホームページから申し込む場合は、申し込めない
　　　時間がある。

問3 この市民セミナーの申し込み日時について、正しい
ものはどれか。

　　1. 2011年10月7日に郵便はがきが到着した。

　　2. 2011年10月7日川北市役所市民課窓口へ申し込
　　　みに行った。

　　3. 2011年9月28日16時30分川北市役所市民課窓口
　　　へ申し込みにいった。

　　4. 2011年9月28日午前5時ホームページから申し込
　　　んだ。

語彙練習

一、発音を聞いて、対応する日本語の常用漢字を書きな
さい。

　　1. _____；　　2. _____；　　3. _____；　　4. _____；

　　5. _____；　　6. _____；　　7. _____；　　8. _____；

　　9. _____；　　10. _____。

二、次の文の_____に入れる言葉として最も適切なものを
一つ選びなさい。

　　1. 社長の話がわかり_____会社は伸びる。

　　2. 中小事業者に対する省エネルギーアンケートに
　　　_____協力下さい。

　　3. 新聞の紙面上に掲載された写真を_____分けします。

　　4. 自分の欠点に早く_____べきである。

　　5. 気象庁は17日、九州南部と東北_____各地で梅雨

明けしたとみられると発表した。

> A. やすい;　　　B. ご;　　　C. 気づく;　　　D. お;
> E. を除く

三、言葉の理解

1. 例　文

　　〜＋ご…ください（いただく）

1. 個人情報保護方針をお読みの上、ご同意いたたけましたら、ご送信ください。
2. 当店をご利用くださいまて、ありがどうございます。ご感想・ご意見をお聞かせください。
3. ご住所の訂正（変更）は、ご自身による手続きが必要となりますので、お手数ですが、下記のいずれかの窓口へご申し込みください。

2. 会　話

　　会館利用者：今年市民会館の利用はうまく行われていますか。

　　会館管理者：昨年度より1割増加している。これは, 市民会館利用者の伸び率が高くなっていることによるが, 市民の交流活動の拠点として利用されていることによります。

　　会館利用者：今後取り組む課題はなんですか。

　　会館管理者：公民館を核として、地域づくりの活動拠点となる「市民協働の促進に向けた公民館運営」への取り組みを進めていきたいです。ご利用くださいますように心から願っています。

3. 拡大練習

考えられる言葉を入れてみよう。

ご ＿＿＿＿＿＿＋くださる

 完全マスター «««

1. 子どもは遊びに集中になっているときは、（　　　）が出ることが少ない。
   1. せっかち　　　　　　　2. あせ
   3. くせ　　　　　　　　　4. 病気

2. これは、郵便サービス方針の通り翌朝10時に郵便物の（　　　）を約束するものである。
   1. 送達　　　　　　　　　2. 到達
   3. 到着　　　　　　　　　4. 必着

3. JR新大阪駅からは徒歩1分でわかり（　　　）立地です。
   1. やすい　　　　　　　　2. にくい
   3. づらい　　　　　　　　4. かねる

4. 当社の決済代行サービスは、あらゆるニーズに柔軟に対応します。まずはお気軽にご相談（　　　）。
   1. いたします　　　　　　2. なさいませ
   3. ください　　　　　　　4. します

5. 掲示板をご覧のPTAの皆様にお尋ね（　　　　　）。
　　1. ください　　　　　　　　2. します
　　3. する　　　　　　　　　　4. した

6. ここでも忘れられている和歌山県；民放が4局受信
　　できる地域が『一部地域（　　　　　）』に入る可能性が
　　高い。
　　1. とともに　　　　　　　　2. を含む
　　3. を除く　　　　　　　　　4. だけ

7. 会社でイヤなことが起こったり、上司や同僚とうま
　　くいかなかったりすると、つい「もう会社なんて辞
　　めたい！」と思ってしまったが、辞めてからの経済
　　的な負担に（　　　　　）やっぱり辞めなかった。
　　1. 気になって　　　　　　　2. 気がついた
　　3. 気がついて　　　　　　　4. 気がついてしまい

8. 毎回はじめての方も参加（　　　　　）ので、積極的
　　に、お気軽にご参加ください。
　　1. されます　　　　　　　　2. する
　　3. します　　　　　　　　　4. した

9. IP電話の市外局番の設定が正しく設定されていない
　　場合、市内通話（　　　　　）電話が繋がらなくなります。
　　1. だけで　　　　　　　　　2. のみ
　　3. だけでなく　　　　　　　4. ばかり

10. 初心者でも、簡単に新規（　　　　　）「営業方法」を
　　ご紹介しております。
　　1. 獲得します　　　　　　　2. 獲得する
　　3. 獲得された　　　　　　　4. 獲得できる

情報検索 2

つぎは「 かすみ市 」的市立図書館の利用案内です 。

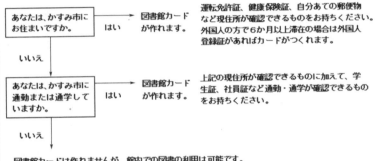

☆図書館カードの新規作成
※ 図書やCD等の資料を借りるには図書館カードが必要です。

| あなたは、かすみ市にお住まいですか。 | →はい | 図書館カードが作れます。 | 運転免許証、健康保険証、自分あての郵便物など現住所が確認できるものをお持ちください。外国人の方で6か月以上滞在の場合は外国人登録証があればカードがつくれます。 |

いいえ↓

| あなたは、かすみ市に通勤または通学していますか。 | →はい | 図書館カードが作れます。 | 上記の現住所が確認できるものに加えて、学生証、社員証など通勤・通学が確認できるものをお持ちください。 |

いいえ↓

図書館カードは作れませんが、館内での図書の利用は可能です。

☆図書館カードの更新
図書館カードの有効期限は3年間です。有効期限が過ぎる前に、カードの更新をしてください。
更新に必要なもの：古いカードおよび新規申込時と同様の証明書をお持ちください。
※古いカードで借りたまま返していない貸し出し図書がある場合は更新できません。

☆貸し出し冊数
図書（本・雑誌）　　　　　　　　　　　　　1人5冊まで
CD・カセットテープ・ビデオテープ・DVD　　1人3点まで
合計8点まで貸し出しできます。
※ただし、雑誌の最新号は貸し出しできません。

☆貸し出し期間
図書（本・雑誌）　　　　　　　　　　　　　2週間以内
CD・カセットテープ・ビデオテープ・DVD　　1週間以内
※貸し出し期間の算定は、貸し出し日の翌日からとなります。
※貸し出し期間は、申し出のあった日から2週間だけ延長することができます。
電話でのお申し出も受け付けます。
（ただし、期限切れや予約が入っている図書の延長はできません。また、CDやビデオなどの
視聴覚資料の延長はできませんのでご了承ください。）

読解練習

　文章を読んで、それぞれの問いに対する答えとして最も適当なものを1、2、3、4から一つ選びなさい。

問1　かすみ市に住んではいないが市内で働いている人が、図書館カードを作るとき何が必要か。

　　1. 現住所が確認できるもの。

　　2. 通勤・通学が確認できるもの。

　　3. 現住所と通勤が確認できるもの。

　　4. 現住所が確認できるものと外国人登録証。

問2　図書館カードを見せれば雑誌を借りることができるか。

　　1. 合計8冊までなら借りることができる。

　　2. 館内で読めるが借りることはできない。

　　3. どれでも1人5冊までなら借りられる。

　　4. 最新号以外は1人5冊まで借りられる。

語彙練習

一、発音を聞いて、対応する日本語の常用漢字を書きなさい。

　　1. _____ ;　　2. _____ ;　　3. _____ ;　　4. _____ ;

　　5. _____ ;　　6. _____ ;　　7. _____ ;　　8. _____ ;

　　9. _____ ;　　10. _____ 。

二、次の文の_____に入れる言葉として最も適切なものを一つ選びなさい。

1. 海外に_____の方におかれては、海外において年金記録の訂正手続きが必要だ。

2. 素敵な笑顔でサービスガールが、おいしいコーヒーをお席までお持ち_____。

3. お金_____と考えたときに、どの消費者金融を使えばよいかを紹介しています。

4. ポイントの有効期限_____、そのポイントは無効となり、ポイントカートから差し引かれて、利用できなくなります。

5. 消費税_____くらいなら初めからとるなと厳しく批判した。

> A. お住まい；　　B. が過ぎると；　　C. 致します；
> D. を借りたい；　　E. を返す

三、言葉の理解

1. 例　文

～たまま

1. 首飾りをつけたままのブランコは危険ですよ。

2. この椅子は座ったまま前後左右、さらには斜めに移動できる。

3. このスタンドを使えば立ったままでも作業できる。

2. 会　話

館長：日頃、市民の皆さんに図書館をご利用してい

ただき、まごとにありがとうございます。今日、市民代表に当館の運営サービスにご意見、ご要望を聞かせていただきたいと存じます。

市民代表：図書館は市民生活に無くてはならないものとして、広く認知され、市民の図書館に対する期待が高まっています。館の運営やサービス方針は例年よりいかがなもでしょうか。

館長：今年、当館は前の方針を守った**たまま**に市民との協働、交流を行い、図書館の社会的な役割や専門性を市民の皆様に理解してもらいたいです。そうした中にあって、図書館の情報を、HPや図書館新聞などの形で市民に分かりやすい形で公開し、図書館のあるべき姿や課題を市民との共有を実現しつつあります。

3. 拡大練習

考えられる言葉を入れてみよう。

　　＿＿＿＿＿＿＿

　　＿＿＿＿＿＿＿

　　＿＿＿＿＿＿＿＋たまま

　　＿＿＿＿＿＿＿

　　＿＿＿＿＿＿＿

完全マスター

1. 文末に（　　　　）「イケメンに限る」と付けるだけで絶望感を強く感じる。
   1. ただ　　　　　　　　　2. ただし
   3. けれども　　　　　　　4. しかし

2. HP上で対面接客と（　　　　）のコミュニケーションサービスが実現できる。
   1. 同じ　　　　　　　　　2. 同様
   3. 同じく　　　　　　　　4. 同一

3. 国民年金の保険料の納入を忘れていて期限（　　　　）場合でも支払いできます。
   1. をすぎる　　　　　　　2. をすぎた
   3. がすぎる　　　　　　　4. がすぎた

4. 初診時に紹介状を（　　　　）患者さんを対象に初診に係る特別の費用として1575円（税込）をお支払いいただいております。
   1. お持ちでない　　　　　2. 持っていない
   3. 持っていません　　　　4. お持ちしない

5. 利上げ（　　　　）、当局が交通渋滞の緩和に向けて新車の登録台数を制限すると発表したことが売り材料となった。
   1. に関し　　　　　　　　2. に付き
   3. に加え　　　　　　　　4. に対し

6. 帽子を（　　　　）面接を受けるのは望ましくない。
   1. 被るまま　　　　　　　2. 被っているまま

3. 被りのまま　　　　　4. 被った まま

7. 未来を信じないと、明るい未来は（　　　　）。
　　1. 作らなくなる　　　　　2. 作るな
　　3. 作れない　　　　　　　4. 作らない

8. 相手に対して（特に目上の人に）「是非ご（　　　　）
　　ください」と言うのは 正しくない。
　　1. 了承　　　　　　　　　2. 声援
　　3. 指導　　　　　　　　　4. 指示

9. メールはその日に（　　　　）のが鉄則である。
　　1. 返る　　　　　　　　　2. 返す
　　3. もらう　　　　　　　　4. くれる

10. 社内の喫煙者全員に室内（　　　　）喫煙を控えても
　　らえるようになっている。
　　1. にあって　　　　　　　2. における
　　3. において　　　　　　　4. での

情報検索 3

つぎは三根市粗大ごみ収集案内である。
粗大ごみ収集のお案内
　お客様が粗大ごみが発生する場合、弊社が予約制によっ
て、戸別収集（有料）致します。
　・一辺が60cm以上か重さが10kg以上で収集可能な大型ご
み（45リットルのごみ袋に入らないもの）は自宅まで有料

で回収に伺いますので電話で予約してください。

・平成20年度より全三根市が対象地域となりました。

・廃家電、家具類は、買い替えのときに業者に引き取ってもらうようにしてください。

・できるだけ分解して可燃ごみ、不燃ごみとして袋に入れて出してください。

・家電4品目（テレビ［ブラウン管・プラズマ・液晶］、冷蔵［凍］庫、洗濯機［衣類乾燥機］、エアコン）、パソコンは粗大ごみでは収集できません。

収集できるもの

机・椅子・ソファー・家電製品（上記の家電4品目、パソコンを除く）・たんす・スキー板・カーペット・応接セット・タタミ・自転車・ベット（スプリング入りのものを除く）等。

※カーペット、電気カーペットは裁断して袋に入れていただければ、燃やせるごみとして収集します。（電気カーペットのコントローラー部分は切り取りの上、燃やせないごみとして排出してください。）

業者の引き取りや分解がどうしてもできない場合に、有料で予約による戸別収集を行います。

電話により予約していただき、予約後は粗大ごみ処理券（1枚500円）を購入し、1品1枚を貼付し、収集指定日に自宅前（玄関先等）へ排出してください。

予約の方法

各地域の収集業者に電話にて直接予約をしてください。

受付は月曜日～金曜日（土、日曜日及び祝日を除く）。

午前9時から午後5時に行います。

収集は、土　日曜日、祝日も行います。

収集は希望の日にそえない場合がありますがご了承ください。

収集は1回に5点までです。

一覧	
収集業者名	電話番号
高橋環境保全社	電話：021-622-7942
環境リブテック	電話：021-678-9569
環境事業	電話：021-825-3774
環境事業	電話：021-225-574
御美社	電話：021-262-8533
御美町環境衛生協会	電話：021-771-3321
環境事業	電話：021-525-7974

注意：三根地域にて平成21年度まで発売されていた旧処理券（赤色）は引き続き使用できます。

粗大ごみ処理券は全市共通です。（買った地域に関係無く、三根市内何れの場所でも使用できます。）

粗大ごみ処理券の購入場所

一覧	
市役所一般廃棄物対策課 （三根町37-4）	市役所清掃管理課 （四ッか町5783-1）
三根市民サービスセンター （上鳳町83-9）	山下市民サービスセンター （倉石町1892-12）
片岡市民サービスセンター （川西町3920-8）	京ヶ島市民サービスセンター （桐嶋町239）
中川市民サービスセンター （井上町3321-1）	才川市民サービスセンター （大字町139-1）
中居市民サービスセンター （下山町1丁目23-2）	北河市民サービスセンター （上川町532）

注意：粗大ごみ処理券が購入可能な三根たばこ販売協同組合加盟店につきましては、高根支所市民課（010-242-092）までお問い合わせください。

※粗大ごみで使用可能な良品については、リユース（再使用）品として希望者に譲る事業を行っています。

読解練習

文章を読んで、それぞれの問いに対する答えとして最も適当なものを1、2、3、4から一つ選びなさい。

問1　つぎの三根市粗大ごみ収集の基本規定について、正しいものはどれか。

1. 整理券があれば粗大ごみはいくつでも収集する。

2. 一部分粗大ごみは整理券を販売しないし、収集もしない。

3. 三根市となりの町でも粗大ごみを収集する。

4. 一部分の粗大ごみは無料で予約なしでに回収する。

問2 つぎの三根市の粗大ごみ処理券について、正しいものはどれか。

1. 粗大ごみ処理券は三根市役所や出張所、付属施設などでどこでも購入できる。

2. 粗大ごみ処理券は一部の民間販売店で三根市役所の許可を得て販売している。

3. 一部の施設で、すべての粗大ごみは整理券を販売している。

4. 粗大ごみ整理券の使用は地域別に販売したものは使用期限がある。

問3 つぎの三根市粗大ごみの収集対象寸法について、正しくないものはどれか。

1. 一辺が60cm以上

2. 重さが10kg以上

3. 45リットルのごみ袋に入らないもの

4. 家具類

問4 つぎの三根市粗大ごみとなる具体的な収集対象について、正しくないものはどれか。

1. エアコン　　　　　　　2. 家電製品

3. 電気カーペット　　　　4. 椅子

問5　つぎの三根市粗大ごみ処理券使用について、正しくないものはどれか。

1. 一回は5点回収可能。

2. 土日、祝日は回収できる。

3. 土日、祝日は電話予約を受け付ける。

4. 市内各販売所で購入した整理券は市内のどこでも使える。

問6　つぎの三根市の粗大ごみ回収組織体制について、正しくないものはどれか。

1. 回収業者は市内の主な地域にある民間専門業者が行う。

2. 整理券は市役所及び出張所や市民サービスセンターで販売。

3. 廃家電、家具類の買い替えは専門店に引き取ってもらう。

4. 家電4品目（テレビ等）、冷蔵庫、洗濯機、パソコン等は収集できる。

語彙練習

一、発音を聞いて、対応する日本語の常用漢字を書きなさい。

1. ＿＿＿＿＿；　　2. ＿＿＿＿＿；　　3. ＿＿＿＿＿；　　4. ＿＿＿＿＿；

5. ＿＿＿＿＿；　　6. ＿＿＿＿＿；　　7. ＿＿＿＿＿；　　8. ＿＿＿＿＿；

9. ＿＿＿＿＿；　　10. ＿＿＿＿＿。

二、次の文の_____に入れる言葉として最も適切なものを
一つ選びなさい。

1. 新しいカメラレンズは、上下左右_____の方向に頭
を 動かしても立体像が取れる。

2. なつかしさは、何_____引き起こされるのか、どの
ように変化するのかを研究した。

3. 有名な「 天下一品 」祭りで、ラーメン一杯_____無
料券一枚を進呈します。

4. 宝塚チケットは「 セブン‐イレブン 」「 ローソン 」
の店か配送でお_____いただけます。

5. 見積内容などに_____してもらう。

> A. によって；　　　　 B. につき；　　　　 C. 了承；
> D. 受け取り；　　　　 E. いずれ

三 、言葉の理解

1. 例　文

～いずれ

1. 税関が10日に発表した2月の貿易統計によると、
輸出入は<u>いずれも40%以上増加</u> した 。

2. クレジツトカードと小切手の<u>いずれ</u>かで払うこと
ができる 。

3. 北京オリンピック関連施設のその後の利用につい
て 、<u>いずれ</u>も赤字には至っていないことが明らか
になった 。

2. 会　話

市民：粗大ゴミ処理券は 、どのような法律関係にな

るのでしょうか。粗大ゴミを出す市民は、自分が支払って、購入した処理券は、もし使わない場合、返却できますか。

役所：粗大ごみ処理券は、電話で処理を申し込みされた粗大ごみに対する処理手数料をコンビニ等で納入いただいた納付の証として交付しているもので、この粗大ごみ処理券を貼ってある粗大ごみを市（委託業者）が収集します。市は、排出者が申し込みをされた時点から収集の手配を行い、排出者が手数料を納入した時点で、このシステムをご活用いただいたものと解釈しており、手数料納入後、何らかの理由で粗大ごみを出さなかった場合でも還付できないことになっております。

市民：分かりました。なんと説明しても、**いずれ**も政府のほうは有利ですね。

3. 拡大練習

考えられる言葉を入れてみよう。

_____
_____
_____＋いずれ（も）
_____
_____

1. 季節風（　　　）風景の変化は、人の感性を豊かにする。
   1. にそって　　　　　　　　2. による
   3. によって　　　　　　　　4. に対する

2. デート中、相手が何を飲むか（　　　）相手の性格と自分との相性を判断する事ができる そうです。
   1. について　　　　　　　　2. にしたがって
   3. による　　　　　　　　　4. によって

3. 道路工事中（　　　）ご協力をお願いします。
   1. につき　　　　　　　　　2. について
   3. にとって　　　　　　　　4. に対し

4. 車検切れの車、事故車などの自動車でもお任せください。ご自宅までお（　　　）（　　　）に伺います。
   1. 引き取り　　　　　　　　2. 改造
   3. 修理　　　　　　　　　　4. 受け取り

5. パソコンなどが消費する電力と（　　　）CO_2量を一覧にまとめました。
   1. 排する　　　　　　　　　2. 引き出す
   3. 出る　　　　　　　　　　4. 排出する

6. やる気になればなんでも（　　　）はずです。
   1. 作出　　　　　　　　　　2. 作った
   3. 作れる　　　　　　　　　4. 作る

7. もう年のせいでしょうか。私は（　　　）懐かしむ

数年間があります。

1. どうしても　　　　　　　2. なにもかまわず

3. なんでも　　　　　　　　4. いくらでも

8. 4月から高速料金が曜日に関係（　　　）上限2000円になる。

1. がなくて　　　　　　　　2. なく

3. なしに　　　　　　　　　4. せずに

9. 掲載されている画像は一部日本仕様と異なる場合がありますので（　　　）ください。

1. ご周知　　　　　　　　　2. ご遠慮

3. ご了解　　　　　　　　　4. ご了承

10. なぜ契約が必要なのかが理解（　　　）ようになった。

1. にする　　　　　　　　　2. になる

3. できる　　　　　　　　　4. する

 情報検索　4

つぎはETCによる高速道路の割引料金規定に関する案内です。

■割引適用区間

NEXCO3社が管理する全国の高速自動車国道と一部の一般有料道路（圏央道（八王子JCT～桶川北本）、伊勢湾岸道路、東海環状自動車道、小田原厚木道路、西湘バイパ

ス、八王子バイパス、西富士道路、東富士五湖道路、新湘南バイパス、安房峠道路など）。

※地方部区間及び大都市近郊区間が対象となります。

※西湘バイパス、八王子バイパス、西富士道路、東富士五湖道路、箱根新道、新湘南バイパス、安房峠道路は、平成23年3月31日まで無料化社会実験の対象路線。

■割引条件

1. ETCが整備されている入口インターチェンジをETC無線通信により走行。

2. 祝日を除く月～金曜日の4時～6時までの間または20時～24時までの間に入口料金所または出口料金所を通過。

※距離・回数の制限なし。

※平成23年3月31日まで実施予定。今後変更した場合は、ホームページ等で改めてご案内いたします。

※無料化社会実験区間を含む走行をされた場合でも、ETC時間帯割引の適用条件となる日時の判定は従来と同じく、入口または出口料金所の通過時刻で判定します。

■割引率

最大30％割引

※通勤割引など他の時間帯割引とは重複適用されません。（割引額が最も大きいものが適用されます。）

※東京IC～裾野IC間及びみえ川越IC～亀山ICにおいては、休日の深夜割引の適用時間拡充（22～24時に流出：中型車・大型車・特大車は最大30％割引）を実施しております。

【 ご利用例（平日）】

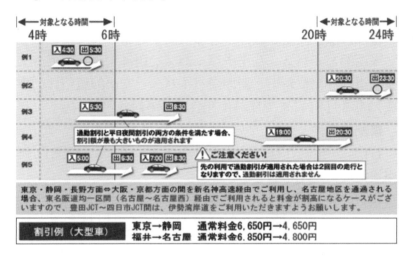

割引例（大型車）
東京→静岡　通常料金6,650円→4,650円
福井→名古屋　通常料金6,850円→4,800円

ご注意いただきたいご利用例

以下のご利用例は、入口料金所及び本線料金所をETC無線通信により走行していることが前提条件となります。

利用距離に関係なく一律の料金をいただく高速道路等の区間（均一区間）内では、その区間内の料金所の通過時刻で割引の適否を判断いたします。また、均一区間と均一区間以外の区間を連続してご利用される場合には、それぞれの区間内にある料金所の通過時刻により割引の適否を個別に判断いたします。

■普通車　平日のご利用例

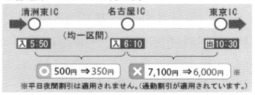

通常料金	7,600円
割引後料金	6,350円
お　得！	1,250円

清洲東ICを4時～6時の間に通過しているため、清洲東IC～名古屋IC間の料金に平日夜間割引が適用されます。名古屋IC～東京IC間については、入口の通過時刻が6時～9時の間であるため、通勤割引が適用され、地方部区間100km相当分まで50%割引となります。(平日夜間割引は適用されません。)

■普通車　平日のご利用例

通常料金	7,950円
平日夜間割引後料金	5,750円
お　得　！	2,200円

一宮ICを4時～6時の間に通過しているため、一宮IC～八王子本線料金所間の料金に平日夜間割引が適用されます。八王子本線料金所～調布IC間については、入口の通過時刻が6時を過ぎているため、平日夜間割引の対象外となります。

その他、割引をご利用いただく際のご注意についてご利用に関する注意を必ずご覧ください。

読解練習

文章を読んで、それぞれの問いに対する答えとして最も適当なものを1、2、3、4から一つ選びなさい。

問1　ETCによる高速道路の割引料金規定に該当しない項目はつぎのうちのどれか。

　　　1. 通勤割引と深夜割引が重なる場合、そのいずれの

割引料金を加算して、算定する。

2. NEXCO3社が管理する全国の高速自動車道と一部の一般有料道路（圏央道（八王子JCT～桶川北本）、東海環状自動車道、西富士道路小田原厚木道路、西湘バイパス、八王子バイパス、新湘南バイパス、小田原厚木道路、安房峠道路など）。

3. 東京IC～名古屋IC間につき、入口の通過時刻が6時～9時の間であれば、通勤割引が適用される。

4. 22時から～24時まで、東京IC～裾野IC間及び三重川越IC～亀山ICにおいて、休日の深夜割引を適用。

問2　徴収する高速道路割引る料金に該当しない項目はつぎのうちのどれか。

1. いまから、平成23年3月31日まで、西湘バイパス、八王子バイパス、西富士道路、東富士五湖道路、箱根新道、新湘南バイパス、安房峠道路は、社会実験の対象路線として、暫定的に無料化実施。

2. 福井一名古屋区間（大型車）の平日ご利用の割引は4800円。

3. 通勤割引や他の時間帯割引はそれぞれ、最大30％の割引をする。

4. 八王子本線料金所～調布IC間は、入口の通過時刻が6時を過ぎると、平日夜間割引の対象外となる。

問3　ETCによる高速道路の割引料金適用条件について、

正しい項目はどれか。

1. 日曜日の21時に出口料金所を通過した。
2. ETCが整備されている入口インターチェンジを ETC無線通信が故障した。
3. 無料化社会実験区間の以外空間を走行した。
4. 金曜日の4時～6時まで、五回ほど、入口料金所 と出口料金所を通過した。

語彙練習

一、発音を聞いて、対応する日本語の常用漢字を書きな さい。

1. _____ ; 　2. _____ ; 　3. _____ ; 　4. _____ ;

5. _____ ; 　6. _____ ; 　7. _____ ; 　8. _____ ;

9. _____ ; 　10. _____ 。

二、次の文の_____に入れる言葉として最も適切なものを 一つ選びなさい。

1. 高速道路料金は、大都市近郊区間_____割引対象区 間において、終日約50％割引（割引後料金の上限 を1000円とする。
2. 6月から高速道路料金が_____ます。
3. 一般有料道路または道路公社管理の有料道路はETC 時間帯割引が_____されない。
4. 土曜・日曜・祝日に入口（ETC路側機器）を通過する と、通行料が通行距離_____最大30％引きとなる。

5. その車は高速道路の走行＿＿＿＿燃費が街乗りより
　悪くなるという。

A. を除く；　　　　　B. により；　　　　C. においては；
D. 変更され；　　　　E. 適用

三、言葉の理解

1. 例　文

〜適用されない

1. お盆休みの週で割引が<u>適用されない</u>平日は大型ト
　ラックなどの割引を拡大することで物流の利用を
　誘導する。

2. 9時〜17時の平日昼間割引については、走行距離
　が100キロ以内でなくては割引が<u>適用されない</u>こ
　とになっている。

3. 昨日、高速道路を利用して、札幌から八雲に帰っ
　てくる際、札幌南ICを通過したのがおよそ22時30
　分であったが、休日割引が<u>適用されない</u>日に入
　っていたにも関わらず。なぜか分らないが割引が
　適用された。

2. 会　話

審議委員：高速道路割引システム原則を改めて説明
　　　　　をしていただきたいと思います。

担当局長：原則は3つあり、1点目、通勤時間帯等
　　　　　の道路に対する需要の多く、割引が**適用され**
　　　　　ないときに、高速道路ストックを最大限うま
　　　　　く使うこと。2点目、物流関係車両は都市高

速でも長距離利用するのが通常であるため、首都高速・阪神高速が対距離制を導入する際、料金が高過ぎて一般道へおりる結果とならないように配慮が必要。3点目、料金の設定に際しましては、高速道路を利用する車両が社会経済上果たす機能についても着目すべきだ。

3. 拡大練習

考えられる言葉を入れてみよう。

_____

_____

_____＋適用されない

_____

_____

完全マスター

1. もし、降りるインターで6時を（　　　　）ようであれば、サービスエリアで時間調整をすれば、それだけで半額になるわけ。

1. 過ぎない　　　　　　　　2. 過ぎた

3. 過ぎるところ　　　　　　4. 過ぎたところ

2. 未使用の高速チケツトの車種を（　　　　）場合は、お手数ですが一度払い戻し手続きを行っていただきます。

1. 変更されない　　　　　　2. 変更しない

3. 変更する　　　　　　　4. 変更した後の

3. 高速道路は様々な路線が接続することでネットワークを形成しており、その接続部で あるJCTでは合流や分岐を行う必要があります。このため、JCT部（　　　　）車線変更や織り込みなど通常より周囲の車に注意しながら走行する必要がある。

1. には　　　　　　　　　2. にあっては

3. においては　　　　　　4. を走行する

4. 追越車線は、道路標識や道路標示（　　　　）通行区分が指定されている。

1. につき　　　　　　　　2. にそって

3. に従って　　　　　　　4. により

5. 徳島県の高速道路は神戸淡路鳴門道（　　　　）片側一車線で70km/hの速度制限となってい ます。

1. を除くと　　　　　　　2. を除去して

3. を取り除いて　　　　　4. を別途にして

6. 今の段階では、身体障害者の自動車税免除は3ナンバー車には（　　　　）。

1. 適用するまい　　　　　2. 適用した

3. 適用する　　　　　　　4. 適用していない

7. 従来、懸念されている本州四国連絡高速道路の料金見直しについて、前原国土交通大臣は記者会見で、現時点では見直す考えはないと（　　　　）強調しました。

1. あきらかに　　　　　　2. あらたに

3. あらためて　　　　　　4. はじめて

8. 高速道路の整備については、（　　　　）いただいた
   皆様からの料金収入 により、事業費を賄う仕組み
   となっているため、できるだけ少ない事業費で効果
   的・効率的に運営する。

   1. お利用　　　　　　　　2. ご利用
   3. ご使用　　　　　　　　4. お使用

9. 高速道路利便増進事業に関する計画の変更に伴い、
   割引内容が変更となる場合があり、休日昼間割引に
   関するご注意。中型車以上の車種は割引（　　　　）
   となりますが、普通車で 牽引をされる場合も、中
   型車以上の車種となり割引の対象外となりますので
   ご注意願います。

   1. 対象外　　　　　　　　2. 対象
   3. 対象だけ　　　　　　　4. 対象車

10. 今度の値下げ案は高速道路のみを対象とするが、高
    速道路と（　　　　）一般有料道路も含めて、平均一
    割値下げを実現する値下げメニューを提示してほし
    い。

    1. 均一に　　　　　　　　2. 同じく
    3. 違って　　　　　　　　4. 違う

情報検索 5

つぎは国民年金加入に関する案内である。

国民年金届出一覧表

国民年金への加入・喪失

	届出の種類	届出先	持ち物	郵送の可否
20歳になった	国民年金加入届	住民票のある市区町村の国民年金担当窓口	日本年金機構からきた封書等・印鑑	可
本人が就職した（公務員のみ）	国民年金喪失届	同上	年金手帳・辞令または健康保険証・印鑑	可
本人が退職した	国民年金加入届	同上	年金手帳・印鑑・退職日または厚生年金の資格喪失日がわかる書類	可
会社勤めの配偶者が退職した	国民年金種別変更届	同上	年金手帳・印鑑・配偶者の退職日または厚生年金の資格喪失日がわかる書類	可
配偶者が厚生年金（共済年金）のある職場に就職した	第3号被保険者該当届	配偶者の勤務先	勤務先にお問い合わせください	―

	届出の種類	届出先	持ち物	郵送の可否
厚生年金（共済年金）に加入している配偶者の扶養からはずれた	国民年金種別変更届	住民票のある市区町村の国民年金担当窓口	年金手帳・印鑑・扶養からはずれた日付の確認できる書類	可
海外に転出した	国民年金種別変更届又は国民年金喪失届	同上	年金手帳・印鑑	否
海外から転入した	国民年金加入届	同上	年金手帳・パスポート・印鑑	否
結婚して厚生年金（共済年金）に加入している配偶者の扶養になった	第3号被保険者該当届	配偶者の勤務先	配偶者の勤務先にお問い合わせください	－
60歳以上で任意加入したい	任意加入届	住民票のある市区町村の国民年金担当窓口	本人と配偶者の年金手帳・預金通帳・通帳の印鑑・戸籍謄本（不要な場合もあります）	否
住所の変更をした	（住民票の異動）	1号被保険者→住民票の異動 2号・3号被保険者→勤務先	住民票を異動するのに必要なもの	－

印鑑については、本人が届け出する場合には必要ありません。

免除・納付猶予申請

	届出の種類	届出先	持ち物	郵送の可否
保険料を納付できないので免除してほしい	国民年金保険料免除・納付猶予申請	市役所、またはお近くの出張所	年金手帳・印鑑・前年所得のわかるものなど（詳細）・離職した場合には、雇用保険被保険者離職票や雇用保険受給資格者証	可
学生なので、納付を延期したい	国民年金保険料学生納付特例申請		年金手帳・印鑑・学生証または在学証明書（写しでも可）・離職した場合には、雇用保険被保険者離職票や雇用保険受給資格者証	可

　印鑑については、本人が届け出する場合には必要ありません。

国民年金受給手続き

加入していた年金	手続き先
国民年金の第1号被保険者期間のみ	市役所第1庁舎1階国保年金課
国民年金のみ（第3号被保険者期間がある場合）	年金事務所
厚生年金のみ	
厚生年金と国民年金	
共済年金のみ	各共済組合
共済年金と厚生年金	各共済組合と年金事務所
共済年金と国民年金	
3種類の年金すべて	

持ち物については、各手続き先へお問い合わせください。

年金受給者に関する届出

	届出の種類	届出先	方法
住所が変わった	年金受給者住所・金融機関変更届	年金事務所	住所変更はがきが市役所・出張所にありますので、必要事項を記入して切手を貼ってポストに投函してください。
裁定請求はがきが届いた	国民年金・厚生年金裁定請求		必要事項を記入して、切手を貼ってポストに投函してください。
年金証書を紛失した	年金証書再発行		市役所・出張所にある年金証書再発行はがきに必要事項を記入し、切手を貼ってポストに投函してください。
国民年金受給者が死亡した	国民年金未支給請求・死亡届出	市役所第1庁舎1階国保年金課	必要書類を揃え、未支給請求書を記入します。詳しくは、国保年金課、または年金事務所にお問い合わせください。

詳しくは、市役所第1庁舎1階、国保年金課へお問い合わせください。

読解練習

文章を読んで、それぞれの問いに対する答えとして最も適当なものを1、2、3、4から一つ選びなさい。

問1　つぎの国民年金加入届について、正しくないものはどれ。

1. 海外から転入した。

2. 本人が公務員として就職した。

3. 20歳になった。

4. 会社勤めの配偶者が退職した。

問2　つぎの年金受給者届出規定について、正しくないものはどれ。

1. 年金証書がなくなった。

2. 国民年金受給者がなくなった。

3. 住所が変更した。

4. 裁定請求はがきが届いた（必要事項を記入したが、切手を貼ることを忘れた）。

語彙練習

一、発音を聞いて、対応する日本語の常用漢字を書きなさい。

1. _____ ;　　2. _____ ;　　3. _____ ;　　4. _____ ;

5. _____ ;　　6. _____ ;　　7. _____ ;　　8. _____ ;

9. _____ ;　　10. _____ 。

二、次の文の_____に入れる言葉として最も適切なものを一つ選びなさい。

1. 年金の現状を精査して5年_____行うことが義務づけられておる。

2. 平成16（2004）年の次期予算_____、社会保障年金部会を中心に審議が進められている。

3. 年金積立金の一部借入れも検討すべき、との提言も なされたが、実現_____。

4. 当面平成16年までの間に、安定した財源を確保 し、国民担負の割合の2分の1への引上げ_____も のとする。

5. 平成12年6月に「公的年金制度_____懇談会」が 6年ぶりに開催され。

A. に向けて；　　B. を図る；　　C. に至っていない； D. に関する　　E. ごとに

三、言葉の理解

1. 例　文

～に至っていない

1. まだそのメーカーとは契約に至っていない。
2. 落石が多いからこの角度から見ると完全修復に至っていないのが良く確認出来ます。
3. 契約期間に至っていない場合の退職願と残っている。

2. 会　話

審議委員：年金収支赤字の改善対策について説明を していただきたいと思います。

当局長：まず日本の年金制度はなぜこんな問題なの かという背景を考えていただきたいです。本 来ストック勘定で調整すべきものを外すとい う計算を行う実質収支があるが、2001年度 以降ずっと赤字が続いているが、これから5

年くらいは赤字が続き、その後は黒字に変わることになっております。しかし、保険料収入による見込みが適正かどうかという判断によりますが、厚生年金は従来ずっと黒字を計上して積立金を積み増してきましたが、事実上には取り崩し**に至っていない**が、いよいよ様子変わりの状況になっています。

3. 拡大練習
考えられる言葉を入れてみよう。

_____

_____

_____＋に至っていない

_____

_____

 完全マスター

1. 量的緩和政策をどうするのかという岐路（　　　　）。
   1. に達した　　　　　　　　2. に立った
   3. に来た　　　　　　　　　4. に入った

2. 今年3月期の決算では 大幅な黒字に転換が見通しだが、利用客を十分取り戻す（　　　　）。
   1. になっていない　　　　　2. に達していない
   3. には至っていない　　　　4. にいっていない

3. 保健医療分野の情報化（　　　）のグランドデザインを策定した。

1. に向ける 　　　　　　2. を目指す
3. において 　　　　　　4. に向けて

4. 店舗（　　　　）ご用意しているサービスが異なります。

1. ごとに 　　　　　　2. あたり
3. につきにそって 　　　4. にしたがい

5. 年金改革と同時期の成立（　　　　）「確定拠出年金法」については、改めて法案が提出され、平成13年に「確定給付企業年金法」とともに成立した。

1. を目指した 　　　　　2. をとなった
3. に至った 　　　　　　4. を達した

6. 統合については、出来るだけ早く結論を出すよう検討（　　　　）。

1. を繰り返している 　　2. を考えている適用した
3. を重ねている 　　　　4. を急いでいる

7. 年金法によって、厚生基金制度が変更され、国の厚生基金を代行していた部分について国（　　　　）。

1. へ届ける 　　　　　　2. に報告する
3. へ返上する 　　　　　4. へ提出する

8. ピーク時の平成9年度（事業所数170万所、被保険者3000万人）と比べると、3年間で事業所数は3万所、被保険者数は約1割（　　　　）。

1. 増加した 　　　　　　2. 減少した
3. 平行してる 　　　　　4. 変った

9. 新しく起業される事業所の加入も（　　　　）、事業体の厚生年金強制加入制度の空洞化さえ始まってい

る。
1. 減速した   2. 加速され
3. 進まず   4. 加速した
10. これらの代行返上によって、国の運用責任が一段と（　　　　）。
1. 緩和した   2. 軽くなる
3. ひどくなる   4. 重くなる

情報検索　6

以下はある大学の学生募集案内です。

日清大学大学院理工学教育部学生募集案内

平成22年10月入学　　　平成23年4月入学

平成22年6月6日

修士課程（理学領域）		
一般入試・社会人特別入試・外国人留学生特別入試		
1. 募集人員		
専攻名	10月入学	4月入学
数学専攻	若干名	12名
物理学専攻	若干名	7名
化学専攻	若干名	5名
生物学専攻	若干名	10名
地球科学専攻	若干名	3名
生物圏環境科学専攻	若干名	5名

2. 出願期間　平成22年7月20日(火)から7月23日(金)
午後4時（必着）

3. 選抜方法

学力検査（筆記試験および口述試験）および学業成績証明書を総合して行います。

ただし, 生物圏環境科学専攻では筆記試験を課しません。

4. 試験期日　平成22年8月25日(水)、26日(木)

5. 募集要項の請求方法

出願書類等を請求される場合は、封筒の表に「修士課程学生募集要項請求」と朱書きのうえ、住所, 氏名, 郵便番号を明記し、390円分の切手をはり付けた返信用封筒（角形2号　240mm×332mm）を同封して、日清大学理学系支援グループあて申し込んでください。

請求先　〒930-8555　日清市五福3190　日清大学理学系支援グループ（入試.当）

TEL：076-445-6546

なお、募集要項の内容はこちら（修士課程募集要項：PDF形式）でもご確認できます。

6. 入学試験過去問題について

入学試験の過去問題は、下記URLにて公表しておりますので、参考にしてください。

http：//www.sci.u-toyama.ac.jp/jimu/mondai/mondai.htm

7. 社会人特別入試

数学専攻および生物圏環境科学専攻の志願者のうち、平成23年3月31日までに、大学を卒業後1年以上の社会人

の経験を有する者は、社会人特別入試を選択することができます。

学力検査は、口述試験により行います。

8. 外国人留学生特別入試

外国人留学生で特に成績が優秀と認められる者は、外国人留学生特別入試を選択することができます。

学力検査は、口述試験により行います。

読解練習

文章を読んで、それぞれの問いに対する答えとして最も適当なものを1、2、3、4から一つ選びなさい。

問1　出願の締切日はいつなのか。
1. 7月20日　　　　2. 7月23日
3. 7月25日　　　　4. 7月26日

問2　社会人特別入試を選択することができるのは以下のだれか。

1. 高校卒業で、工場で3年間働いた人。
2. 化学専攻を希望する人で、すでに2年間の社会経験がある。
3. 現時点で他大学の三年生。
4. 日清大学平成20年3月の卒業生で、それからずっと研究所で研究をしてきた人。

問3　物理学専攻を希望するなら、どのような選抜試験を受けるのか。

1. 学力検査のみ

2. 筆記試験および学業成績証明書

3. 口述試験および学業成績証明書

4. 学力検査および学業成績証明書

問4　本文の内容と合うのはどれか。

1. 外国人留学生は日本人学生と同じ試験を受けなければならない。

2. 外国人留学生は日本人学生と異なる試験を受けることができる。

3. 入学試験過去問題は公開されていない。

4. 生物学専攻平成22年10月入学の定員は10名である。

◆ 語 彙 練 習

一、発音を聞いて、対応する日本語の常用漢字を書きなさい。

1. _____ ;　　2. _____ ;　　3. _____ ;　　4. _____ ;

5. _____ ;　　6. _____ ;　　7. _____ ;　　8. _____ ;

9. _____ ;　　10. _____ 。

二、次の文の_____に入れる言葉として最も適切なものを一つ選びなさい。

1. 薬価や診療報酬など、残された問題もあるが、医療保険福祉審議会長のお話の通り、改革に向けての視点は、分かりやすい形で提示をして_____。

2. 高齢者医療については、急増する医療費をどうする

かという点に関し、当部会は検討しているが、また結論には_____。

3. 私は、かねてから_____とおり、医療費自己負担額は無料になればいいという意見は必要なのではないか。

4. 保険料の公費負担は重くなるのはやむをえないにしろ、今まで言われているような7割というのは_____。

5. このたび、御社を担当させて_____ことになりました。以前は、東京におりまして、日本を代表する大企業さまのお世話をさせていただいておりました。

A. いきたい；　　B. 申している；　　C. 至っていない；
D. いただく；　　E. もってのほかである

三、言葉の理解

1. 例　文

～ていきたい

1. お客様とずっと、長くお付き合いをして<u>いきたい</u>。

2. 国からお金を持ってきて県民の負担を軽くして<u>いきたい</u>。

3. 2年目を迎えた今年は、国民保険の研究者として、さらに国民の役に立つ研究をして<u>いきたい</u>と考えている。

2. 会　話

A：最近、彼女とあまりうまくいってないんですよ。

B：どうしたの。

A：なんか、小さなことで、もめちゃって、可愛いのは確かに可愛いけど、これからも付き合って**いきたいけど**…

B：彼女と一回話したほうがいいんじゃないの。中学から今まで続いたカップルはなかなかいないもんじゃあ。

A：そうだね、もう一回がんばってみる。

3. 拡大練習

考えられる言葉を入れてみよう。

_____

_____

_____＋ていきたい

_____

_____

 完全マスター ≪≪≪

1. 次回、同じような資料を、私は可能なら出したいと考えているが、私だけではなく希望者がいればメモを提出する（　　　）をいただきたい。

1. お頼み　　　　　　　　2. お知らせ

3. お願い　　　　　　　　4. お許し

2. 行政を進める上で（　　　　）最大の課題は提出した法案の処理であり。

   1. さりげなく　　　　　　　2. さしあたり
   3. さながら　　　　　　　　4. さすがに

3. 医療機関がITをどのように達成していくかという点があり、こうした流れの中で、被保険者や患者のID化が、医療のIT化とどう（　　　　）くるかが今後の課題だろうと思っている。

   1. 向けて　　　　　　　　　2. 目指して
   3. かかわって　　　　　　　4. かかって

4. 今のお話に関連して、（　　　　）来年の4月から被保険者証が個人ごとにカード化されることになた。

   1. ようやく　　　　　　　　2. もはや
   3. どうやら　　　　　　　　4. なかなか

5. その点、どのくらいの情報量を厚生省としては、（　　　　）なのか、教えていただきたい。

   1. ご意見　　　　　　　　　2. お考え
   3. ご考慮　　　　　　　　　4. 拝見

6. 改革の意義は、これから様々な機会に保険者論は、（　　　　）と思うが、われわれもここで話し合ってきており、今の段階での意見をここでまとめておきたい。

   1. されている　　　　　　　2. なされている
   3. 致したい　　　　　　　　4. なされる

7. 23年度までの改革の目標は何かということを具体的に示した方が、われわれの議論もしやすいのでは

ないか。官庁としての考え方を、（　　　　）。

1. 聴きになりたい　　　　　2. 聞かされたい

3. 伺いたい　　　　　　　　4. お聞き申し上げない

8. 誰もが改革をやれば負担が軽くなると考え、しかも自分に関係ある部分で負担が増えれば（　　　　）もし、他に財源を求めればすべて解決するように考えている。

1. 反対　　　　　　　　　　2. 賛同

3. 議論　　　　　　　　　　4. 賛否

9. 無駄のない形にすべきだということから改革の議論が始まった。全体的に負担が、（　　　　）中で、できるだけ無駄のない効率的なシステムを作ることも改革の中では求められていると考えている。

1. 横ばいの　　　　　　　　2. 平行する

3. 増える　　　　　　　　　4. 減らす

10. 先ほど、（　　　　）、幅広く議論をお願いするための資料を作る際にはこれらのことも考慮に入れて作っていきたい。

1. ご説明なさった　　　　　2. ご要望致した

3. ご指摘なさった　　　　　4. 申し上げた

情報検索 7

つぎはある大学の健康診断の案内である。

● 健康診断

毎年１月上旬に学生の定期健康診断が行われますので、必ず受けて下さい。

また、健康診断証明書の発行は、この定期健康診断に基づいて行われます。

そして、年度の途中で入学した学生は、国際交流課の知らせに従ってください。

●一般診療

整形外科、内科、歯科および心療内科の医師が診療を行っています。

診療・相談日はつぎの表のとおりです（○印が相談・診療日です）。

診療・相談日一覧表（省略）

●（注意事項）

1. △印は急患・再検と精検のみです。

2. 定期健康診断日および入学試験日等で、休診となる場合がありますので、ご注意ください。

3. ○は診療日か相談日です。

●診療日、相談日の勤務時間およびその留意事項

整形外科：診療日は月、水、金曜日（8:30～17:00）

薬等が必要な方は必ず診察を受けてください。薬のみ

は出しません。

受付TEL：888－399－4888（8:00～12:00）

精神心理相談室：原則として毎月2回、内科受診後、医師の指示で予約をします。（8:30～16:30）

予約の場合の受付TEL：888－3999－4887
　　　　　　　　　　　　（8:00～16:00）

内科：診療日は月、火、水、金曜日（8:30～17:00）先着35名まで受け付けます。

受付TEL：888－399－4886（8:00～16:30）

歯科：診療日は月、木曜日（8:30～11:30）

主に痛みや腫れのある場合の応急処置、歯石除去、検診、及びおやしらずその他口腔全般の相談などを行っています。

相談および受付TEL：888－399－4884（8:00～17:00）

学生相談室：毎日、相談に応じます。（9:30～16:30）

受付TEL：888－399－4882（9:00～16:00）

電話相談TEL：888－666－4881（9:00～16:00）

精神心理科：診療日は月、金曜日（8:00～11:30）

予約制です。受付TEL：888－399－4880（8:30～17:00）

スポーツ外来診療室：主にスポーツによる障害を対象としています。医師の指示で予約をします。（8:30～17:00）

予約の場合の受付TEL：888－334－4891（8:00～11:30）（所属クラブの学生トレーナーと相談するか、整形外科の外来を受診してください）

●学生相談

　学生が抱える様々な問題について、カウンセラーが在室し相談に応じています。また、留学生センターの指導教員、留学生交流課の職員およびアドバイザーも相談に応じます。

読解練習

　文章を読んで、それぞれの問いに対する答えとして最も適当なものを1、2、3、4から一つ選びなさい。

問1　薬が必要な時は何をしなければならないか。

　　　1. 事前に電話で相談しなければならない。

　　　2. 指導教員の許可をもらわなければならない。

　　　3. 診察を受けなければならない。

　　　4. 健康診断証明書を提出しなければならない。

問2　歯が痛い時、いつ診療を受けられるか。

　　　1. 月曜日の午前10時

　　　2. 火曜日の午後2時

　　　3. 水曜日の午前9時

　　　4. 金曜日の午後3時

問3　つぎに挙げてた日々のなかで、どれが整形外科の休診日ならびに時刻ではないか。

　　　1. 一月上旬

　　　2. 入学試験日

　　　3. 定期健康診断日

　　　4. 金曜日の午前9時

問4 つぎに挙げた健康、医療関連部門や担当者のなか
で、どれが相談できるか。
1. 内科
2. スポーツ外来診療室
3. カウンセラー
4. 整形外科

問5 つぎに挙げてた健康、医療関連部門や担当者のなか
で、予約が必要しないのはどれか。
1. 精神心理相談室
2. 留学生センター
3. アドバイザー
4. 精神心理科

問6 つぎに挙げてた健康、医療関連部門のなかで、半日
しか診療しないのはどれか。
1. 整形外科
2. スポーツ外来診療室
3. 内科
4. 精神心理科

語彙練習

一、発音を聞いて、対応する日本語の常用漢字を書きな
さい。

1. _____ ; 2. _____ ; 3. _____ ; 4. _____ ;
5. _____ ; 6. _____ ; 7. _____ ; 8. _____ ;
9. _____ ; 10. _____ 。

二、次の文の_____に入れる言葉として最も適切なものを一つ選びなさい。

1. 学生教育研究災害傷害保険は、日本全国規模の相互援助制度であり、留学生が大学の教育・研究活動における不慮の災害事故によって傷害を負った場合に_____ます。

2. 国民健康保険についてくわしいことは、あなたの住んでいる市町村役場の国民健康保険課にお_____ください。

3. 国民健康保険と医療費補助の両方に加入している留学生の場合は、医療費の70％が健康保険によって支払われ、残りの費用の80％が補助制度によって_____ます。

4. 保険料は、労働者の賃金に_____一定の額を労働者と会社が半分ずつ負.することになります。

5. 外国人に対する国民健康保険の適用については、昨年1月2日付け保険発第84号当職通知により、その基準を示しているところであるが、外国人が増加しつつある状況を考え、その基準を下記のとおり明確にしたので、今後新たに国民健康保険の適用対象となる外国人については当該基準に従った取扱を行うよう、貴市町村の指導に遺憾のないよう_____。

A. 応じた；　　B. 問い合わせ；　　C. 配慮された；
D. 適用され；　　E. 払い戻され

三、言葉の理解

1. 例　文

〜払い戻される

1. 治療の領収書を提出してから約3か月後に補助金が<u>払い戻さ</u>れます。

2. 留学生ビザの申請が却下された場合、関連法規による計算に従い、前払いした学費が<u>払い戻され</u>ます。

3. 留学生が出発日の15日前までにキャンセルを申し込んだ場合、登録料を除いた授業料と宿泊費の全額が<u>払い戻さ</u>れます。

2. 会　話

A：テレビを見ましたか。北京の一番大きなジムは昨日倒産したそうです。

B：うそ。先月、あそこで会員カードを作ったのに…どうしよう。

A：へえ、お気の毒に。お金は**払い戻される**かな。いくらなの。

B：言えないよ、結構の大金なのよ。

3. 拡大練習

考えられる言葉を入れてみよう。

＿＿＿＿＿＿

＿＿＿＿＿＿

＿＿＿＿＿＿＋払い戻される

＿＿＿＿＿＿

＿＿＿＿＿＿

1. その期間中、一度も病院に行ったことがなくても、その保険料を支払わなければならないが、その期間に病院に行き、自分で治療費を支払っていても、その金額に対する（　　　）がある。

1. 不足補填　　　　　　　　2. 払い戻し
3. 過不足精算　　　　　　　4. 相殺

2. あなたが帰国するとき又は他の市町村へ引っ越すときは、（　　　）保険証が発行された役場に行き、保険証を返却してください。

1. 必須　　　　　　　　　　2. 絶対
3. きっと　　　　　　　　　4. かならず

3. 国民健康保険証は、発行月日に、（　　　）毎年3月31日に有効期限が切れますので、3月末までに保険証を持って役場に行き、更新してください（保険証を更新しないと、4月1日以降は使えなくなります）。

1. 関係なく　　　　　　　　2. 無関係に
3. 関係せずに　　　　　　　4. 関係しなく

4. 治療費の払い戻はないから、日本に来たらできるだけ早く、あるいは他の市町村に引っ越したときも、（　　　）国民健康保険に加入してください。

1. 即時に　　　　　　　　　2. すぐに
3. たちまち　　　　　　　　4. 即刻に

5. 脱退一時金が受給できる人は、年金（障害手当金を

含む。）を受ける権利（　　　　）ことがないという
ことが条件となる。

1. がある　　　　　　　　　　2. をもらう

3. を有した　　　　　　　　　4. があった

6. 脱退一時金は原則（　　　　）以下の4つの条件にす
べてあてはまる方に支給（出国後2年以内に請
求）。

1. にして　　　　　　　　　　2. として

3. となって　　　　　　　　　4. とされて

7. 外国人厚生年金保険は日本人と同様に給料に応じ
た保険料を納入する。年金については保険料は掛け
捨てになってしまうという誤解があり外国人が加
入（　　　　）という例もありますが、年金には短期
在留外国人に対する脱退一時金制度が設けられてお
ります。

1. したくない　　　　　　　　2. する

3. したがらない　　　　　　　4. しない

8. 外国人に対する健康保険制度の適用の適正化につい
ては、（　　　　）社会保険庁から通知される予定で
ある。

1. このほかに　　　　　　　　2. 格別に

3. 別に　　　　　　　　　　　4. 別途

9. 外国人労働者の募集（　　　　）十分に具体的な労働
条件を明示する必要がある。

1. につきましては　　　　　　2. にたいしては

3. にあたっては　　　　　　　4. にとっては

10. 労働法令のもとでは、外国人労働者をとくに当該法律に適用しないと（　　　　）、その外国人労働者が不法就労活動者であろうと各法律に適用される労働者となる。

1. されない限り　　　　　2. されるかぎり

3. する　　　　　　　　　4. される

情報検索　8

　謹啓　新春の候益々御清栄のこととお慶び申し上げます。
　さて、弊社は本年ここに創業百周年を迎えるに至りました。この間幾多の困難を克服しつつ今日の業績に迄伸展し、いくらかでも産業界に貢献出来ましたことは皆様の御支援の賜と深く感謝申し上げます。就きましてはお礼かたがた粗宴を催したく存じますので、御多用中のところ誠に恐縮でございますが、何卒御光臨の栄を賜わります様御案内申し上げます。

敬具

　平成22年7月10日吉日
　記
　日時　平成22年10月1日（金）10時
　会場　スイスホテル3階会議室
　◎勝手ながら同封はがきにて御都合を9月1日迄にお返事たまわり度

お願い申し上げます。

　◎御来駕の節は本状を受付に御示し下さる様お願い申し
上げます。

〈読〉〈解〉〈練〉〈習〉

　文章を読んで、それぞれの問いに対する答えとして最
も適当なものを1、2、3、4から一つ選びなさい。

問1　この文書のタイトルとして以下のどれが適切か。

　　　1. 創業周年記念御案内

　　　2. 新会社設立のご案内

　　　3. 懇親会のご案内

　　　4. 新業界進出への記念イベント案内

〈語〉〈彙〉〈練〉〈習〉

一、発音を聞いて、対応する日本語の常用漢字を書きな
　　さい。

　　1. ＿＿＿＿＿；　　2. ＿＿＿＿＿；　　3. ＿＿＿＿＿；　　4. ＿＿＿＿＿；

　　5. ＿＿＿＿＿；　　6. ＿＿＿＿＿；　　7. ＿＿＿＿＿；　　8. ＿＿＿＿＿；

　　9. ＿＿＿＿＿；　　10. ＿＿＿＿＿。

二、次の文の＿＿＿＿＿に入れる言葉として最も適切なものを
　　一つ選びなさい。

　　1. 満席の場合は、ご乗車できません＿＿＿＿＿あらかじめ
　　　ご了承願います。

2. 障害者運賃割引は、左表の小人運賃となります（お電話_____受付けます）。上記運賃には、昼食代は含まれておりません。

3. 乗車券の払い戻しは、当該便の発車前まで_____行います。

4. 旅客が、誤つてその希望する乗車券などを購入した場合_____収受した旅客運賃と正当な旅客運賃とを比較し、不足額は収受し、過剰額は払いもどしをする。

5. 旅客は、旅行開始後又は使用開始後に、次の各号の1に該当する事由が発生した場合には、事故発生前に購入した乗車券類について、当該各号の1に定める_____の取扱いを選択のうえ請求することができる。

> A.ので　　　　　B.において　　　　　C.のみで
> D.にかぎり　　　E.いずれか

三、言葉の理解

1. 例　文

〜のみ

1. ご乗車日につき、お1人様1席のみのご予約とさせていただきます。

2. フリー乗車券の乗降自由なエリアを除き、途中下車が禁止あるいは指定駅のみに制約されているものが多い。

3. 団体乗車券からの途中下車証明の発行は、車掌の

みが発行できるもので、各駅では発行できないためです。

2. 会　話

A：あ、私はきみ**のみ**愛しているよ。

B：ええ、どうしたの?突然こんなことを言い出して。

A：今、昔の人たちの「愛の告白」についての本を読んでいますが、君にも使ってみようかなと。

B：だめだめ、硬い言葉で、しかも「君のみ」というのも、信じられないな。

A：へえ、風流が分からないひとだね。

3. 拡大練習

考えられる言葉を入れてみよう。

_____

_____

_____＋のみ

_____

_____

 完全マスター ≪

1. 本件のような場合を含め、何か困ったことがある場合は駅員への（　　　　）が行われるよう旅客に対する案内サービスの一層の充実を図ることが望まれる。

　　1. 申し出　　　　　　　　　2. 要求

3. 要望 4. 追求

2. 本稿では、この規制緩和の流れと議論に関して、介護サービスを事例にして，経済評価のための政策研究を、行おうと（　　　　）。

1. 思っている 2. 考えた
3. 考えている 4. 思う

3. 本稿では、公共サービスを事例にして、社会的規制とは何か，そしてその規制緩和が持つ経済効果はどのようなものなのかを（　　　　）ことが目的となっている。

1. 明確に 2. 明らかにする
3. 明瞭に 4. 追及する

4. （　　　　）居宅介護基準該当サービスとして、そのような形でのサービス提供を市町村が認めるかという点が大いに疑問のある。

1. そこそこ 2. そよそよ
3. そろそろ 4. そもそも

5. 海外航空券を取消・変更する場合、請求書をご提出させていただき、請求書内容に（　　　　）の規定を明示させていただきます。

1. 掲題 2. 当該
3. 該当 4. 題掲

6. 乗車券類を所持する旅客は、旅行開始後又は使用開始後に、あらかじめ係員に申し出て、その承諾を受け（　　　　）乗車券類に表示された着駅、営業キロ又は経路について、次の各号に定める変更をするこ

とができる 。

1. 該当 　　　　　　　　　　　　2. 当該

3. 前の 　　　　　　　　　　　　4. 先の

7. 各改札口の駅員さんにこのスタンプを確認してもら
う（　　　　　）、改札口の入退場ができるという仕組
みです 。

1. だけで 　　　　　　　　　　　2. ばかりで

3. ほかに 　　　　　　　　　　　4. 上で

8. 同行者が同一コースで申込まれた場合でも 、同一車
両になる（　　　　　）。お席のご要望もお受けできま
せん 。

1. にはいきません 　　　　　　　2. ばかりではありません

3. だけではありません 　　　　　4. とは限りません

9. 上下便ともに 、VIPラウンジからのご乗車(　　　　　)
となります

1. かぎり 　　　　　　　　　　　2. だけ

3. のみ 　　　　　　　　　　　　4. ばかり

10. 乗車日の変更 、便の変更はできな (　　　　　) ご留意
ください 。

1. くて 　　　　　　　　　　　　2. いので

3. いから 　　　　　　　　　　　4. いため

第四章　総合理解

キーポイント

☆まずはざっと大意把握する。文章全体の1/3さえ分かれ
　ば大丈夫；
☆全部分かってから問題を解くという考えは禁物！

総合理解　1

　次ＡとＢはそれぞれ、ノートやメモのとり方について書
かれた文章である。

A

　昔、ある大学者が、尋ねてきた同郷の後輩の大学生
に、一字一句教授のことばをノートにとるのは愚だ（注
1）と訓（おし）えた。いまどきの大学で、ノートをと
っている学生はいないけれども、戦前の講義といえば、
一字一句ノートするのは常識であった。教授も、筆記に

便なように（注2）、一句一句、ゆっくり話したものだ。

その大学者はそういう時代に、全部ノートするのは結局頭によく入らないという点に気付いていたらしい。大事な数字のほかは、ごく要点だけをノートに記入する。その方がずっとよく印象に残るというのである。

字を書いていると、そちらに気をとられて、内容がおるすになりやすい（注3）。

（外出滋比古著『思考の整理学』筑摩書房1985による）

B

社内にばかりいると、ビジネスマンとして人脈も広がらない。そこで、セミナーや勉強会、講演会などに出かけて自己を磨いている人も多いはずだ。しかし意外と、あまりメモもとらず、「聞きっぱなし」という人も多いのではないだろうか。

話を聞いているときは「なるほどなあ」と思っていても、それを的確にメモしてなければ、あとになって「あの話は何だったっけ」ということになる。人間は忘れやすい動物なのだ。

では、こういうときのメモはどうすればいいか？

基本的なことは、話の内容をいちいちすべてメモしまい、ということである。漫然（注4）と聞いて、話したことをすべてメモしていたら、核心が見えなくなる。そこで、自分の仕事やライフスタイルに関係すること、本当に興味のあることしかメモしないのである。

（坂戸健司著『メモの技術』すばる舎に2002よる）

注 1　愚だ：ばかだ
注 2　便なように：便利なように
注 3　内容がおるすになりやすい：内容に注意が向かなくなり
　　　やすい
注 4　漫然と：あまり注意しないで、なんとなく

　文章を読んで、それぞれの問いに対する答えとして最
も適当なものを1、2、3、4から一つ選びなさい。
問1　Bは、なぜメモをとることを勧めているのか。
　　　1. 話の内容を忘れないようにするため。
　　　2. 話の内容に集中できるようにするため。
　　　3. 話の内容に興味が持てるようにするため。
　　　4. 話の内容を聞き落とさないようにするため。
問2　AとBで共通して述べられていることは何か。
　　　1. メモやノートに話の内容のすべては書かないほう
　　　　がよい。
　　　2. 聞いたことをすべてメモやノートに書くと記憶に
　　　　残りやすい。
　　　3. 印象に残ったことだけを後でメモやノートにまと
　　　　めるとよい。
　　　4. メモやノートを的確にとれば話に関心が持てるよ
　　　　うになる。
問3　Aで、大学者はなぜ大学生に全部メモをとらなくて
　　　もいいと訓えたのか。

1. 教授のことばを全部ノートにとるのはいやだから。
2. 戦前の講義は全部えば、一字一句ノートするのは常識だから。
3. 字ばかり書くことに気をとられて、内容がおるすになり、すべてノートしても頭によく入らないから。
4. 一字一句をノートにとるのはばかだと思わないから。

問4　Aで、大学者はいま大学生のようなノートにとる方法についてどう思うか。
1. まじめだ。
2. 戦前のようになってほしい。
3. 愚かだ。
4. 一字一句をノートにとるようにすること。

問5　Aで、大学者は戦前からどんなにノートするか。
1. 一字一句、教授のことばをノートにとる。
2. ノートをとらない。
3. 一部分でもノートするなら頭に入らない。
4. 大事な数字のほか、すこし要点だけメモする。

問6　Bは会社のビジネスメモについてどんなに主張しているか。
1. 話の内容をいちいちメモする。
2. 社外へいくこそ、メモをとると、勧めている。
3. あまりメモもとらず、「聞きっぱなし」という人も多くて、しようがない。
4. ライフスタイルや仕事関連、興味のあることをメ

モする。

語彙練習

一、発音を聞いて、対応する日本語の常用漢字を書きなさい。

1. _____;   2. _____;   3. _____;   4. _____;

5. _____;   6. _____;   7. _____;   8. _____;

9. _____;   10. _____。

二、次の文の_____に入れる言葉として最も適切なものを一つ選びなさい。

1. 僕のコンピューター_____問題が起きる。

2. 届く_____の郵便物等が届かない。

3. 日本人は_____知らない日本の話が多い。

4. 表現や読み方を間違え_____言葉を集めてみました。

5. 体重計にの_____痩せていくのが目でわかる方法を教えてほしい。

A. らずに;   B. 意外と;   C. はず;
D. やすい;   E. にばかり

三、言葉の理解

1. 例　文

ごく～

1. ごく当たり前の<u>こと</u>だから誰にでも出来ます。

2. それは、いきなり激しい症状が出る病気ではなく、<u>ごく初期</u>は、食欲がない。

3. ちょっと入場料は高いけれど、こっちの人にとって、<u>ごく面白い</u>かもしれない。

2. 会　話

学生：先生、授業中、リスクマネジメントとはリスクテイクだとおっしゃいましたが、どう理解すればよろしいでしょうか。

先生：リスクテイクといえば、**ごく**危ないことを承知することであり、それによって、利益が創造できます。

学生：つまり、リスクをうまく管理すると、利益が増えるようになるでしょうね。

先生：はい。そういうことです。

3. 拡大練習

考えられる言葉を入れてみよう。

　　　　　＿＿＿＿＿＿＿

　　　　　＿＿＿＿＿＿＿

ごく＋＿＿＿＿＿＿＿

　　　　　＿＿＿＿＿＿＿

　　　　　＿＿＿＿＿＿＿

1. 寒かった4月も過ぎ去って暖かい気候が訪れて
（　　　）た。
   1. くれ　　　　　　　　2. き
   3. やっ　　　　　　　　4. もらっ

2. 大阪近郊の山登り（　　　）生駒や六甲山でしょ
う。
   1. と話すと　　　　　　2. と来たら
   3. といえば　　　　　　4. とすると

3. 見合い結婚なんて（　　　）はやらない。
   1. 昨今　　　　　　　　2. 今どき
   3. 今ごろ　　　　　　　4. 現代

4. 亀田製菓（　　　）「柿の種」がまず思い浮かぶ人
が多いかもしれない。
   1. といえば　　　　　　2. したら
   3. にして　　　　　　　4. として

5. 最近の大学生は携帯メールでレポートを書く
（　　　）。
   1. らしい　　　　　　　2. よう
   3. そうで　　　　　　　4. みたいに

6. 最近のことはよく覚えてないけど、昔のことは
（　　　）覚えている。
   1. 全然　　　　　　　　2. あまり
   3. たまに　　　　　　　4. よく

7. 送料と手数料はかかるが、4〜5ヶ月も待つよりは良

いの（　　　　）。
1. ではありません
2. ではないでしょうか
3. でしょう
4. ではないでしょう

8. 先日ごく近い親戚（　　　　）で食事会をしました。
1. わずか
2. ばかり
3. だけ
4. すこし

9. 高いものが多いが、安く買ってすぐ飽きたりすぐへたってしまうことを考えれば、高いものを10年、20年と使うならばそちらの方が（　　　　）安いのかも知れない。
1. ずっと
2. すこし
3. とても
4. どうやら

10.（　　　　）ボール遊びが良いらしい。
1. 結果的に
2. 最初に
3. 最後に
4. 結局

A

　会社は、厳しい過当競争のさなかにあって、実力で勝負しなければならないというのに、そこで働いている人は入社前に教育を受けた・場所・で評価されるというのは、どう考えても納得がいかない。教育の・質・が問われるの。

　ならばまだ解る。「場所①」というのは、正常ではない。わずか数年間の学校教育が、以後何十年にもわたって、その人②の看板③として通用するというのは、奇妙というほかはない。

　（中略）ほんの小さなグループから出発した私たちの会社では、何でもやれる人がそれをやる④、といった気持で仕事をしてきたつもりであったのに、人数が増えてくるに従って、いつとはなしに、学歴による区分といった方式が、なんとなく取り入れられつつある事実に気付いて、はっとしたことがある。

　（盛田昭夫著『学歴無用論』文藝春秋（1966）による）

B

　しっかりした人生を歩むには、やはり「学歴」が必要です。そう断言すると眉をひそめる（注1）人もいるか

もしれません。しかし私には、学歴なんかいらない、あるいは、ほどほど（注2）でかまわないという考え方は、中途半端なきれいごとに思えてなりません。

　学歴がなくて苦労したという話は、昔はさんざん聞かされました。最近はあまり言われていないだけで、本当はもっと厳しい選別が行われているそうです。（中略）

　親ならば、一生を幸せに生きていける、一生、食べるのに困らない「生きる力」を子供につけさせるべきです。そうして、そのための最良の方法が「学歴をつけさせる」ことだということは、今も昔も、変わりないのではないでしょうか。

（和田寿栄子著『子供を東大に入れる母親のちょっとした「習慣術」』祥伝社（2006）による）

注1　眉をひそめる：不快に感じる。
注2　ほどほど：ちょうどよい程度。

読解練習

　文章を読んで、それぞれの問いに対する答えとして最も適当なものを1、2、3、4から一つ選びなさい。

問1　AとBの認識で共通しているのは何か。
　　　1. 学歴の重要性は否定できない。
　　　2. 学歴による区別は実在する。
　　　3. 学歴よりも実力が重要だ。
　　　4. 学歴は実力と関係がある。

問2　学歴や学校教育について、Aが批判しているのはどのようなことか。

　　1. 実際の社会では学歴は関係なく、何でもできる人が高く評価されること。

　　2. 社会人になってからも、どこで学校教育を受けたかが重視されること。

　　3. 実際の社会で必要とされる実力が、学校教育では養成されていないこと。

　　4. 社会的には学歴が意識されているのに、企業ではそれが通用しないこと。

問3　Aで、その人②というのはだれか。

　　1. 大学などの学歴をもつ社員。

　　2. 在来の従業員。

　　3. 大学など学校の先生。

　　4. 大学などの学校、または会社の責任者。

問4　Aで、何でもやれる人がそれをやる④というのはだれか。

　　1. むかしからの会社の責任者。

　　2. 大学など学歴をもつ社員。

　　3. 在来の従業員。

　　4. 学歴を持たない社外の人。

問5　Aで、「場所①」と「看板③」とはそれぞれなにを指すのか。

　　1. 大学などの学校と学歴。

　　2. 社外とその知名度。

　　3. 会社とその学歴。

4.大学などの学校とその知名度。

問6　Bが「学歴」が必要だと主すれば、その理由はなに
か。

1.ほどほどでかまわないから。

2.断言すれば、眉をひそめないから。

3.生涯、食うのに大丈夫だから。

4.学歴がなくても苦労しないから。

◇語◇彙◇練◇習◇

一、発音を聞いて、対応する日本語の常用漢字を書きな
さい。

1. _____ ；　　2. _____ ；　　3. _____ ；　　4. _____ ；

5. _____ ；　　6. _____ ；　　7. _____ ；　　8. _____ ；

9. _____ ；　　10. _____ 。

二、次の文の_____に入れる言葉として最も適切なものを
一つ選びなさい。

1.オーストラリアでは地元の暑い夏の_____クリスマ
スを祝う。

2.鳴き声が_____九官鳥にしか聞こえない。

3.計画を中止するより_____。

4.どこか別の場所により良いものが存在する_____。

5.運動もサウナも_____にしておかないと逆に不健
康です。

A. さなかに；　B. どう考えても；　C. かもしれない；
D. ほどほど；　E. ほかなかった

三、言葉の理解

1. 例　文

〜ほか（は/に）ない

1. ホテルに泊まるお金がないので、今夜は駅のベンチで寝るほかない。

2. これからの日本は景気回復や経済成長ではなく共生社会を目指すほかはない。

3. いまさら引き返しては敗北する他ないので、「突撃」のほかにないのでしょうな。

2. 会　話

記者：最近の学生は日本語学歴を持っても、仕事能力が低いと問われているが、社長はどのようにお考えですか。

社長：うまく仕事をするためには、相手との人間関係性や場面性に基づく難しさや異文化ゆえの難しさがあり、現場で求められる仕事能力とはこれらを総合した能力でしょう。

記者：それでは、社長がこれからの日本語教育に対するコメントをお聞かせください。

社長：異文化ビジネスの現場では、専門的な能力と同時に人間関係性と場面性を伴う社会言語能力を養う必要があり、日本語教育のカリキュラムが現場のニーズを反映していることが望

まれます。会社と教育機関が連携して教材や教授法などを開発し、日本語教師の再訓練を行う**ほかはない**でしょう。

3. 拡大練習

考えられる言葉を入れてみよう。

____

____

__________＋ほかは/にない

____

____

 完全マスター ≪≪

1. お兄ちゃんのこと（　　　　　）ぜんぜん好きじゃないんだからね。
   - 1. ぐらい
   - 2. だけで
   - 3. なんか
   - 4. ばかり

2. 塩辛いものを大量に食べるのはおすすめできませんが、（　　　　）の塩分は、私たちが生きていく上で必要不可欠なものなのです。
   - 1. すこし
   - 2. ほどほど
   - 3. よほど
   - 4. どれほど

3. 日本酒はただ飲むだけはなく、ほんのひと振り料理に加える（　　　　）、あっという間に美味しくなるそうです。
   - 1. ほどで
   - 2. ぐらいで

3. ばかりで 　　　　　　　　 4. だけで

4. 山田さんの手紙によると、今年の日本の夏はいつも
　　より暑い（　　　　）。
　　1. ようだろう 　　　　　　 2. そうだ
　　3. ようだった 　　　　　　 4. そうであった

5. 食中毒から守る（　　　　　）、手を洗うことが何より
　　も重要です。
　　1. ときに 　　　　　　　　 2. ために
　　3. のに 　　　　　　　　　 4. には

6. 人類は野生の犬をペットにする（　　　　　）7000年
　　の歴史を経ています。
　　1. のに 　　　　　　　　　 2. ので
　　3. には 　　　　　　　　　 4. ため

7. ルールはルール（　　　　）言い分が、正しいと思え
　　ません。
　　1. だという 　　　　　　　 2. だから
　　3. なので 　　　　　　　　 4. ですという

8. 彼には絵画や音楽（　　　　）芸術的な才能がある。
　　1. という 　　　　　　　　 2. といった
　　3. だという 　　　　　　　 4. のような

9. 走れるうちに、走れる（　　　　　）走って。たまには
　　立ち止まって考えて。また走って、とか思ってい
　　る。
　　1. だけで 　　　　　　　　 2. ぐらい
　　3. だけ 　　　　　　　　　 4. ばかり

10. チキンラーメンの卵が固まら（　　　　　）途方に暮れ

ています。
1. なしに
2. をいと
3. なくて
4. ないで

総合理解 3

　次の文章は、「相談者」からの相談と、それに対する
AとBからの回答である。

　相談者：
　私の彼の事で相談したいことがあります。彼は私の誕生日などによくセーターやアクセサリーをプレゼントしてくれるのですが、いつも私の好みではないものを贈ってくれるのです。私はどちらかと言うと単色ではっきりした色のシャープなデザインのものがこのみなのですが、彼からのプレゼントはいつも淡い色を多く使った、女の子らしい可愛いデザインのものが多いのです。
　彼のことはとても好きだし、一生懸命選んでくれているのがわかるだけに、<u>私の本当の気持ち①</u>を言い出しにくくて困っています。どうしたらよいでしょうか。

　回答者：A
　これからも長くお付き合いする事を考えているのなら、やはり彼にあなたの本当の好みを伝えてわかっても

らったほうが良いと思います。でもプレゼントをもらった時に「こういうのは好きじゃない」と言うと彼を傷つけてしまうので、ふだんからデートの時にショーウィンドーなどを見ながら、「私こんな服が好きなのよ」とか「これ、ほしいなあ」などと言って、彼にそれとなく伝えるようにしてはいかがでしょうか。

回答者：B

　自分で思っているイメージと他人から見たイメージとは違っていることも多いものです。自分では「シャープなデザインが似合う」と思っていても、彼から見るとかわいらしい感じのデザインが似合うはず」と思っているのかもしれません。自分で自分のイメージを決めてしまわずに、一度思い切って身に付けてみてはどうでしょうか。新しい自分が発見できるかもしれませんし、彼もそれを期待しているのかもしれませんよ。

（日本語能力考試http://www.jlpt.jp/samples/n2.htmlによる）

 読解練習

　文章を読んで、それぞれの問いに対する答えとして最も適当なものを1、2、3、4から一つ選びなさい。

問1　「私の本当の気持ち①」とは、どんな気持ちか。

　　1.彼が一生懸命選んでくれているのでとてもうれしい。

　　2.彼からのプレゼントは私の好みのものでない。

3. 淡い色のかわいらしいデザインのものがほしい。

4. セーターやアクセサリーはもうあまりほしくない。

問2 「相談者」の相談に対するA、Bの回答について、正しいのはどれか。

1. AもB、彼からの心のこもったプレゼントなので、素直に身に付けたほうが良いといっている。

2. AとBも、長くお付き合いするために相手の好みや考え方に合わせるべきだといっている。

3. Aは相談者の彼の考え方に理解を示し、Bは相談者の好みをより重視する意見を述べている。

4. Aは相談者の好みをより重視し、Bは相談者の彼の考え方に理解を示す意見を述べている。

問3 つぎの「相談者」部分に合わない内容はどれか。

1. 相談者は彼のことが好きだ。

2. 相談者のこのみと単色ではっきりした色のシャープなデザインだ。

3. 彼のこのみプレゼントの色は淡い色だ。

4. 彼は相談者のこのみが好きではない。

問4 「相談者」と彼氏のことについて、内容に合わないものはどれか。

1. 相談者の悩みについて、相談者は彼と相談したことがない。

2. 相談者の悩みについて、彼から相談したことがない。

3. 相談者の悩みについて、彼も知っていて、困って

いる。

4. 相談者の悩みについて、「相談者」が困っている。

問5　Aのアドバイスした内容と合わないものはどれか。

1. プレゼントを買ったところ、「私こんな服が好きなのよ」とかを言いなさい。

2. 彼女の好みをそれとなく彼に伝えたらどうか。

3. 直接に「こういうのは好きじゃない」を言わないようにしてほしい。

4. 彼を傷つけをしないように言う。

問6　Bのアドバイスした内容と合わないものはどれか。

1. 相手の気持ちを考えて、相手の立場に立って、言動し行動する。

2. 彼の好みにあわせるようにしてほしい。

3. 自分のイメージと他人のイメージが多いから、それぞれそのままでいい。

4. 彼の期待を考えてほしい。

〈語〉〈彙〉〈練〉〈習〉

一、発音を聞いて、対応する日本語の常用漢字を書きなさい。

1. _____ ;　　2. _____ ;　　3. _____ ;　　4. _____ ;

5. _____ ;　　6. _____ ;　　7. _____ ;　　8. _____ ;

9. _____ ;　　10. _____ 。

二、次の文の＿＿＿に入れる言葉として最も適切なものを
　　一つ選びなさい。

1. あなたを好きになっ＿＿＿人はどんな人か 診断し
　　ます。
2. そろそろ「 義務教育 」にも仕分けのメスを入れて
　　み＿＿＿どうだろうか 。
3. 勉強の伸び悩みは 、読解力が原因＿＿＿ 。
4. ただいま 、という声の後 、間を空け＿＿＿居間に入
　　ってきた 。
5. 企業から＿＿＿ 、理系は学部卒の方がいい 、とおっ
　　しゃっていた方がいました 。

A. ずに；	B. ては；	C. 見ると；
D. てくれる；	E. かもしれない	

三 、言葉の理解
　　1. 例　文
　　　　～とは少し
　　　1. 西郷隆盛の奥さんが銅像を見て 、「 これはうちの
　　　　主人とは少し違う 」と述べられたことを何かの本
　　　　で読んだことがる 。
　　　2. 社会言語学の研究は 、他の分野とは少し異なると
　　　　ころがある 。
　　　3. マラドーナ監督は 、「 僕は 、自分が伝説だとは少
　　　　しも思ってない 」と述べている 。
　　2. 会　話
　　　　相談者：先生 、彼女に結婚のプレゼントをしたいけ

ど、嬉しかったものは何ですか。

相談者：結婚プレゼントのタイプは実用的なものと
非日常的なものとの二つに分かれます。

相談者：非日常的なものとは、何を指しますか。

回答者：簡単に言ってしまえば自分では買わないけ
れど、もらったらすごく嬉しいものです。
例えば、お洒落なインテリアグッズや高価
なワインなどです。

相談者：結婚プレゼントの極意はなんですか。

回答者：極意は三つあり、その1は本人の希望を聞
いてあげること。その2は「モノ」の前に
「コト」を考えることが「ストーリー」の
あるプレゼントに。その3は前の2つ**とは少
し**違って、「自分じゃ買わ（え）ないけ
ど、もらったら嬉しい」を選んであげるこ
と。

3. 拡大練習

考えられる言葉を入れてみよう。

――――――――

――――――――

――――――――＋とは少し

――――――――

――――――――

☕ 完全マスター «

1. 他の人もこの手の話を言っている（　　　）けど、あまり聞いたことがない。
   1. だろう　　　　　　　　2. のだ
   3. かもしれない　　　　　4. ことだ

2. 皆様も運動不足を解消してみ（　　　）いかがでしょう。
   1. たら　　　　　　　　　2. ては
   3. て　　　　　　　　　　4. れば

3. 階段のタイルを全部貼って（　　　）残した部分に花を植え込んだ。
   1. あって　　　　　　　　2. おいて
   3. しまって　　　　　　　4. しまわずに

4. 原稿では改行を入れているのに、発行したものを（　　　）改行されずにつながっている。
   1. 見ると　　　　　　　　2. 見れば
   3. 見せて　　　　　　　　4. 見て

5. 彼はもう着いている（　　　）。
   1. ことだ　　　　　　　　2. ものだ
   3. はずだ　　　　　　　　4. わけだ

6. 原稿の昌頭を強く述べる（　　　）自己主張ができるようになります。
   1. ようになると　　　　　2. ようにすると
   3. ことにすれば　　　　　4. ものにすれば

7. 遠慮なしにどんな場でもたくさん食べてしまう彼

に（　　　　）注意した。

1. それとなく   2. 内緒で

3. 明るく   4. 明らがに

8. 私は親に可愛がって（　　　　）おぼえなどありません。

1. くれた   2. もらった

3. おいた   4. あげた

9. 人から（　　　　）写真を公開するときには、事前に撮影した人に許可をもらっておく必要がある。

1. もらう   2. もらった

3. くれる   4. くれた

10. 期待が大きかった（　　　　）失望も大きかった。

1. ばかりに   2. のに

3. だけに   4. かぎりに

総合理解 4

　次のAとBはそれぞれ別の新聞のコラムに対するAとBの両方である。

A

　国語辞典『大誤』の第四版が発売された。十年前の改訂以後の社会や生活の移り変わりを反映した言葉約一万項目が新たに加えられたという。収録語数は二十四万件余りと同種の辞典の中で、最多を誇る。

　出版社によると、新たに盛り込まれたのは「逆切れ」など、世相を反映した語の他、「イケメン」、「ラブラブ」といった若者言葉など。

　「逆切れ」については、「怒られた人が、反対に怒り出してしまうこと」と書かれている。また、「イケメン」は「かっこいい男性」と説明。「ラブラブ」については、「互いに愛し合っていて仲がよい様子」と説明されている。

　今回採用された新語のうち、カタカナ語が実に四割近くを占めた。長年改訂に携わっている担当者の一人は「選定の過程では、私自身も分らない言葉がいくつもあり、判断に困った。若者には常識なんでしょうけれども」と話している。

　（財団法人日本国際交流基金、財団法人日本国際教育

支援協会著『新しい「日本語能力試験」ガイドブック』（2009）による）

B

　全面改訂された「大諢」第四版では、マスメディアやインターネットなどから収集した約十万語のうち、一時の流行にとどまらず、人々の間に定着したと認められる新語を厳選。「ラブラブ」、「イケメン」など約一万語が新たに増えたそうだ。

　時代の流れに即した新感覚の辞書と言えば、響きはいいが、宣伝のための話題作り以上のもの、いずれ消えゆくものは自然に忘れ去られるまで、放っておけばよい。

　それゆえ、「家電（＝自宅の電話番号）」、「クールビジ（＝夏のビジネス用の服装）」などは、「一時的な流行や狭い範囲だけで使われている」として採用が見送られたのは賢明である。

（財団法人日本国際交流基金、財団法人日本国際教育
　　支援協会著『新しい「日本語能力試験」ガイドブック』（2009）による）

〈読〉〈解〉〈練〉〈習〉

　文章を読んで、それぞれの問いに対する答えとして最も適当なものを1、2、3、4から一つ選びなさい。

問1　この辞書が多くの新語を取り入れたことについて、
　　　Aの筆者とBの筆者はどのような立場をとっている

か。

1. AもBも、ともに明確にしていない。

2. AもBも、ともに批判的なである。

3. Aは明確にしていないが、Bは批判的である。

4. Aは批判的であるが、Bは明確にしていない。

問2　つぎはA文書とB文書の主な内容の組み合わせである。つぎの1・2・3・4の組み合わせの中で、両方の文書の主張にもっとも相応しい組み合わせを一つ選びなさい。

1. 世相語、若者言葉を評価するに対し、使用範囲の狭い新語の取り上げを止めてほしい。

2. 若者語の使用を賛成するに対し、若者の新語は一時流行である。

3. 一時的な流行語や使用範囲の狭い新語をやめてもらたい主張に対し、世相語と若者の言葉の使用を薦めている。

4. 一時期的な流行語の使用を控え目にしたいと主張するに対し、若者の現世新語などを取り上げている。

問3　Aが引用した出版社の数字内容とは合わないのはどれか。

1. カタカナ語が実に四割近くを占めた。

2. 国語辞典『大諜』の第四版が十年後発売された。

3. 収録語数は二十四万件余り。

4. 社会や生活の移り変わりを反映した言葉約一万項目が新たに加えられた。

問4　Aが引用した言葉の説明とは合わないものはどれか。

1.「イケメン」はカタカナ語。

2.「ラブラブ」は、「それぞれ相互に相手を愛するあつあつの状態」のこと。

3.「逆切れ」は、「憤慨させられただれかが、逆に他人に怒られるように切り返した」のこと。

4.「イケメン」は「ハンサムなおとこ」のこと。

問5　Bが賛成する内容と合わない内容はどれか。

1.一時的な流行や狭い範囲だけの言葉の採用を見送る。

2.定着せず、時代の流れに即した一時流行と狭い範囲言葉の採用。

3.定着した約一万語が新たに増えた。

4.世間に認められる新語を厳選した。

問6　Bが批判の理由とはならないものはどれか。

1.一時的な流行にすぎない。

2.定着してない言葉がある。

3.狭い範囲にしか使えない。

4.約十万語のうち、インターネットやマスメディアなどから収集したものが多いから。

語彙練習

一、発音を聞いて、対応する日本語の常用漢字を書きなさい。

1. _____ ;   2. _____ ;   3. _____ ;   4. _____ ;

5. _____ ;   6. _____ ;   7. _____ ;   8. _____ ;

9. _____ ;   10. _____ 。

二、次の文の_____に入れる言葉として最も適切なものを一つ選びなさい。

1. ある大学でこんな授業があった_____。

2. 天気予報_____今夜は雨が降るそうです。

3. 不登校現象は70年代を通して大都市_____、地方にまで波及していった。

4. 現実_____、考えたり行動すること が大切だ。

5. 保険会社に任せ_____というものではない。

> A. によると;   B. に即して;   C. ておけばよい;
> D. にとどまらず;   E. という

三、言葉の理解

1. 例　文

～に即した

1. お取引先のニーズに即したソリューションを提供しています。

2. 執行費用に関し、実際の事例に即した計算書をご覧ください。

3. 実践に即したことを教えてもらえるので、とても

身になります。

2. 会　話

学生：スマスマの新語ランドを見て、公衆トイレの
　　　ことをハムトと略すような新語について、ご
　　　意見をお聞かせください。

先生：略称や通称をいきなり使ったり、「メアド」や
　　　「ML」などのような言葉を書く人がいます。
　　　これはルールに即してみれば間違いです。単
　　　なる正式な言葉を使わないマナー違反ではな
　　　く、もっと根本的なコミュニケーション上の
　　　問題を感じます。

3. 拡大練習

考えられる言葉を入れてみよう。

_____

_____

_____＋に即した

_____

_____

 完全マスター ≪

1. 私のように中学生の時に覚えた英単語（　　　）会
話をしていると、せっかくの英会話も子どもっぽい
感じに聞こえてしまいます。

1. だけで　　　　　　　　2. でだけ
3. 限って　　　　　　　　4. 限り

2. 新しい充電池は捨てる面倒も減り、空いてる時間に
充電して（　　　　）ので良いとこだらけです。
　　1. いけばいい　　　　　　　2. おけばよい
　　3. おればいい　　　　　　　4. あればいい

3. 現実に（　　　　）、考えたり行動することが大切だ。
　　1. したがって　　　　　　　2. 基づいて
　　3. 即して　　　　　　　　　4. よって

4. 正月（　　　　）元旦に家族で卓を囲んでおせち料理
を食べるものだ。
　　1. をいうと　　　　　　　　2. といいますと
　　3. にすれば　　　　　　　　4. といえば

5. 科学研究予算の削減は、（　　　　）地球の破滅をも
たらす。
　　1. いずれ　　　　　　　　　2. いずれも
　　3. いずれに　　　　　　　　4. いずれの

6. 報道によれば、その戦いで、おのを持った人間が熊
に勝（　　　　）。
　　1. ったそうだ　　　　　　　2. ちそうだ
　　3. つようだ　　　　　　　　4. ったようだ

7. 彼は個人的な（　　　　）、社会貢献に尽力した。
　　1. だけでなく　　　　　　　2. ばかりではなく
　　3. のみならず　　　　　　　4. にとどまらず

8. 小さな幸せを大切にすれば、日々（　　　　）幸せ
を感じられるでしょう。
　　1. たくさん　　　　　　　　2. いくつもの
　　3. いくつの　　　　　　　　4. いくつも

9. 8年くらい前の事なのもあり、すっかり忘れ
   （　　　　）。
   1. てしまった　　　　　　2. た
   3. ておわった　　　　　　4. ていった
10. 工業団地において光化学スモッグ（　　　　）思われ
    る被害が発生したそうです。
    1. にかかわる　　　　　　2. によると
    3. によって　　　　　　　4. にもとづく

 総合理解 5

　次のAとBはそれぞれ読書に関するAとBの両方の意見で
ある。

A

　よく「あの本読んだことある」という言い方がされ
る。本の理解度はさして問われてはいない。（中略）私
の基準としては、本を読んだというのは、（①）「要約
が言える」ということだ。
　全体の半分しか読んでいなくともその本の主旨をつか
まえることは十分にできる。数頁関心をもてないところ
を飛ばそうとすることもある。およそ半分以上に目を通
し、要約が具体例を含んで言えるのならば、「その本は
読んだ」と言えると私は考えている。小説の場合は、要

約をすることが最重要課題ではないので別だが、新書や評論の場合は半分以上に目を通してあって要約ができれば読んだことにしてもいいと考えている。

　こう考えるのには理由がある。一つは字面をいくら目を追ったとしても、あらすじや要約が言えないようでは、読書をした効果が薄いからだ。要約できることを読んだことの条件にすることによって、いつでも要約できるかどうかを自問するようになる。「で、どういう内容だったの」と人に聞かれて、かいつまんで内容を話せるようであれば、ほかの人にも役に立つし、自分の読書力を向上させる目安になる。

　もう一つの理由は、読んだということの基準をあまり厳しくすること。本をたくさん読みにくくするからだ。もし全頁を読んだことが条件となるのだとすれば、どうしても数は少なくなる。途中で行き倒れる本があるのは自然なことだ。百冊買ったならば、最後までいく本が二割程度でもおかしくない。残りの八割がゼロかと言えばそういうことはない。

B

　今、読解力が低下していることが学力低下の最大の原因だという雰囲気が日本中に漂っている。（中略）

　国語の授業では、一般に同じ読むことであっても、深みを目指す読みは読解で、広がりを目指す読みは読書と考えられている。そして、読解の授業の後に発展として読書というように進められることが多い。では、読解を

する力＝読解力がなければ読書はできない、つまり読解力は読書力の前提となっているのだろうか。そんなことはない、<u>私は読解力に自信はないけれど毎日読書していると思う方も多いだろう②</u>。確かにその通りであって、読解力は万全でなくとも読書はできる。自分の読解力に合った読書をすればよいのだから。

読書力を支える力の中心は読解力である。しかし、読書をするためにはそれ以上に重要な力がある。一つは、読書しようとする力、つまり読書への関心・意欲である。優れた読解力の持ち主でも読書に関心を持たない人、自ら読もうとする意欲のない人は読書しない。そしてもう一つ、読書を心から楽しむことのできる力、鑑賞力である。人は、書物に書かれている文字の意味を理解するためだけに読書するのではない。読書により感動し、読書することが楽しくてたまらないから読書するのである。そして、また読書しようという関心?意欲が大きくなり、意味をつかみ、自分だけの読書の喜びを感じる。

読書生活はこの繰り返しであり、繰り返し読書する中で読解力も高まっていく。読解と読書は「読み」の両輪であると言われるゆえんである。そして、どちらが未熟でも「由緒正しい読書家」とは言えない。

どうしたら読解力を身に付けることができるのですかと尋ねられることも多い。読解力を身に付ける方法は今、国語科教育の研究分野で最もホットな話題であり、未解決の研究課題ではあるが、学生の皆さんには喫緊の

問題でもあろうから、ヒントになりそうなことを二つ提示しておきたい。

　①今読んでいる部分が全体にどう影響するのかを考えながら読もう。小説ならば、それがメタファーを読み取り、自分のものとするテクストの意味を強化することになる。論文やレポートなどの文章であれば、部分が全体のどの位置にあるのかを押さえることになる。プロットもディテールも同じように大切だということに気付いていく。

　②言葉の辞書上の意味と文脈上の意味は必ずしも一致しないが、辞書的意味が分からなければお話にならない。分からない言葉が出てきたらたまには辞書を引こう。そして、辞書上の意味と文脈上の意味の差異を感じよう。そこに大きな隔たりを感じるようになったら、読解力が身に付いてきた証拠である。手始めに、この文章中の印の言葉の読みや意味を調べてみるとよい。

　　　（石丸憲一『創価大学図書館シーズン記事11号』による）

 読 解 練 習

　文章を読んで、それぞれの問いに対する答えとして最も適当なものを1、2、3、4から一つ選びなさい。

問1　読書力を向上する前提について、AとBはそれぞれどのように主張しているか。

　　　1.＿＿＿＿Aはページを飛んで読むように、Bは学力の向上を主張している。

2. Aは一字ずつ目を追って、読書するように、Bは
　読解力が必須だと主張している。

3. Aは要約力の向上を、Bは観賞力の向上を主張し
　ている。

4. Aはとりまとめのちからの向上を、Bは読書のい
　きおいを主張している。

問2　つぎはAとBの主な内容の組み合わせである。つぎ
　　　の1・2・3・4の組み合わせの中で、両方の文書の論
　　　点にもっとも相応しい組み合わせを一つ選びなさい。

1. 本を読んだ基準として、要約力の向上と経験をつ
　む二つの理由をそれぞれ論じたのに対し、読書の
　目安となる読解力の意欲を向上するには、部分論
　と全体論ならびに辞書と文脈の意味区分という二
　つの方法を提示している。

2. 本を読んだ目安は、数ではなく、かいつまんで表
　現できることを強調したのに対し、読書のやる気
　が必須だとし、部分文書の全体への影響と言葉の
　辞書と文脈の区分を取り上げている。

3. 部分的に要約して読書することを基準にし、最後
　まで読まなくてもいい、などの理由を提唱したの
　に対し、部分的に読書して、全体を把握し、辞書
　の意味と文脈の意味を区分して、読書を楽しむ二
　つの方法を提起している。

4. 自分なりに読書力の基準は必須だし、要約して読
　む経験など二つの理由を述べたのに対し、読書の
　楽しみ、意欲、関心が必須条件であり、読解力を

高めるには、部分と全体、辞書と文脈の意味区分を主張している。

問3 Aが主張している読書基準と合わないものはどれか。

1. _____全頁を読んだことを条件とすること。

2. あらすじや要約が言えること。

3. 本の理解度を配慮すること。

4. 読んだ内容を他人にかいつまんで話せるようになること。

問4 Aの（ ① ）に入る言葉を選びなさい。

1. それで　　　　　　　2. はじめて

3. およそ　　　　　　　4. まず

問5 読書について、Bの主張に一番相応しい「力」の組み合わせの順番はどれか。

1. 関心力（意欲力）←→鑑賞力

　↓　↑　　　　　　　　　↓↑

　読書力←→読解力←→読書力

2 関心力（意欲力）⇒鑑賞力⇒読書力⇒読解力⇒読書力⇒関心力（意欲力）

3. 関心力（意欲力）←→鑑賞力←→読書力←→読解力←→読書力

4. 関心力（意欲力）←→読書力

　　　↑　　↓　　↑↓

　　鑑賞力←→読解力

問6 Bの、「私は読解力に自信はないけれど毎日読書していると思う方も多いだろうはあるが②」、ここの

「私」はだれか。

1. わからない   2. 学生

3. 作者自身   4. 読者などのみなさん

〈語〉〈彙〉〈練〉〈習〉

一、発音を聞いて、対応する日本語の常用漢字を書きな
さい。

1. _____ ;   2. _____ ;   3. _____ ;   4. _____ ;

5. _____ ;   6. _____ ;   7. _____ ;   8. _____ ;

9. _____ ;   10. _____ 。

二、次の文の_____に入れる言葉として最も適切なものを
一つ選びなさい。

1. この仕事は_____苦にならない。

2. _____少し早く帰って、自分の時間と持ちたいなと
思います。

3. 週末に向けての動向は、非常に忙しくな_____。

4. 彼の思想が危険だと誤解される_____もそこにあ
る。

5. 今回は製品は初回なので、使ってみて便利だった
ポイントを書いて_____。

A. おきたい;	B. さして;	C. りそうだ;
D. たまには;	E. ゆえん	

三 、言葉の理解
1. 例 文
～なくとも
1. デジタルカメラはフイルムを使わ<u>なくとも</u>写真がとれる 。
2. 何にも特色が<u>なくとも</u>正直に働く人は 、それは新しい世界の基礎になる 。
3. 鳥が存在し<u>なくとも</u>、人は空を飛びたいと願っただろう 。
2. 会 話
吉本：本が読みたいけど 、時間がないさ 。石田はどんな読書をしているか 。

石田：僕の場合は楽しみながら 、適当にとばして読んでいるさ 。

吉本：積極的に読書しているよね 。読書は 、僕にとって 、友人と会話しているような感じ 。会わ<u>なくとも</u>あっているような感じだな 。

石田：そうだね 。よい書物を読むことは 、過去の最もすぐれた人々と会話をかわすようなものだし 、新しい友を得たようである 。前に精読した書物を読みなおす時には 、旧友に会うのと似ているんだ 。

3. 拡大練習

考えられる言葉を入れてみよう。

_____

_____

_____＋なくとも

_____

_____

☕ 完全マスター

1. 就活の（　　　　）、働きやすさや年収をチェックしていよいよ本格的な就職活動シーズンが スタートした。

    1. はじめから　　　　2. 手始めに

    3. あらかじめ　　　　4. 最初

2. 初心者がはじめて登山する場合、緊急連絡の無線電話などを準備して（　　　　）よいだろう。

    1. おくと　　　　　　2. おいて

    3. いくと　　　　　　4. いけば

3. 最近、息をする間隔が以前より早いこと（　　　　）。

    1. に気付けた　　　　2. に気付く

    3. に気付いた　　　　4. に気付ける

4. 食事の際に自分の好きな食べ物があると、僕は絶対といっていいほど最後までとっ（　　　　）方だ。さらに嫌いなものがあったら先に食べてしまい、なかったことにする。

1. ておいた　　　　　　　2. ておく
3. てしまう　　　　　　　4. てあった

5. 会社でみな黙々と仕事をしていて、息が詰ま（　　　）感じがしている。
   1. りそうな　　　　　　2. るそうな
   3. ったような　　　　　4. ったという

6. ある調査で、米国人が（　　　）イライラする言葉表現は、2年連続で「どうでもいい」だったことが分かった。
   1. もっとも　　　　　　2. ほんとう
   3. たいへん　　　　　　4. よく

7. お金があり過ぎて、（　　　）いいかわからないわ。
   1. どのようにして　　　2. どうしても
   3. どうなるか　　　　　4. どうしたら

8. 私がその提案に賛成できない（　　　）は、まさにそこにある。
   1. 次第　　　　　　　　2. 状況
   3. 理由　　　　　　　　4. はず

9. 科学を信じるか信じないかと（　　　）信じてはいるが、宗教も信じている。
   1. といって　　　　　　2. というと
   3. いったら　　　　　　4. いえば

10. 既成の立派なオモチャ（　　　）、身近な日用品が子供達を夢中にさせるオモチャになることもある。
    1. でないでも　　　　　2. でなくとも
    3. であるとも　　　　　4. であっても

第五章　長　文

キーポイント

　長文を解くにはまるで犯人探しをするような推理分析が必要だ。自分勝手に正解を決め込むのではなく、文章の内容から正解を推理するのだ。

長　文　1

　勝ち組、負け組って何だろう。

　春先は入学や就職など、進路が決まったり決まらなかったりする季節である。

　ゲームならルールがあって明確だ。しかし、われわれ「人」の勝ち負けに世界共通の基準などあるのだろうか。勝ち負けつまり成功の基準は、人によりさまざまなはずだ。同じ一個人でも時と場合によっては、ちがってくる。

（中略）

　試験は合格が「勝ち」で不合格は「負け」。資格試験で

あれば、取得できれば成功、できなければ不成功。とても
わかりやすい。

（　①　）これも試験そのものの基準であって、人を組
分けする基準ではない。受験者はそれぞれ個別の事情や目
標をもっている。受験に至るまでの、そのような一切を評
価するのは本人であり、他人がとやかく言う問題ではな
い。

では、どうしてまわりの評価や基準が気になるのだろ
う。それは、自分の中で成功の基準を持っていない、意識
していない人が多くなっているからではないか。毎日の生
活の中で、何ができればいいのか、どう感じることが幸せ
なのかを、ちっとも考えなくなっているからではないか。

自分の基準がないから、まわりを気にする。他人と比べ
るから、勝ち・負けの発想に傾いてしまう。しかもその
際、他人の基準を使うから、どうしたってストレスがたま
るし、勝つよりは負けるほうが多くなる。

私自身、30代までは、まわりの評価を基準にしてい
た。そしてあるとき「一生こうして生きるのか？」と考え
たら、そもそも「自分はどう生きたいのか」を、まじめに
考えたことすらないことに気づいた。

その後、会社を辞め、独立もしてみた。再就職も何社か
した。だが、たいして変わらなかった。今にして思えば、
そのとき自分がやったことは、「まわりを変える」ことで
あって、肝心の（注1）「自分を変える」②ことではなか
ったからだ。

40半ばを過ぎ「自分の成功基準を持つ」大切さに気づ

いた。生活の中に数々の成功基準を持つことで、一日の生き方は、どんどん意識的なものになる。たとえば、朝早起きできれば成功、その後ジョギングをして、道すがら（注2）何か発見があればこれまた成功、気持ちよく仕事に行ければ大成功、夜仲間と飲めれば大大成功！といった具合だ。

　われわれはわれわれ自身の「ゲーム」③の主役だ。ルールは自分で決めて打ち込め（注3）ば、毎日はスリリング（注4）で楽しいものになる。

　（三好隆宏「私の視点」2008年3月12日付け朝日新聞朝刊による）

注1　肝心（かんじん）の：もっとも重要な
注2　道すがら：途中で
注3　打ち込む：何かをいっしょうけんめいする
注4　スリリング：わくわくすること

読解練習

　文章を読んで、それぞれの問いに対する答えとして最も適当なものを1、2、3、4から一つ選びなさい。

問1　「自分を変える②」こととは、どのようにすることか。

　　1. 自分が本当にやりたかった職業につくこと。
　　2. 負けた時にも成功だと思える人になること。
　　3. 毎日の生き方の中に自分の基準を持つこと。
　　4. まわりの評価を基準にする人間になること。

問2　われわれ自身の「ゲーム」③が意味していることは何か。
1. 自分の生き方や生活。
2. ジョギング中の発見。
3. 成功の基準を探すこと。
4. 自分に合っている仕事。

問3　筆者がこの文章で一番言いたいことはどれか。
1. まわりの評価を基準にしたとき自分の生き方が成功だったとしても、自分が本当に満足していなければ成功とは言えない。
2. まわりの基準による勝ち負けの発想を捨て、自分で決めた成功基準を自分の行動に当てはめて生活することが大切である。
3. 人生で勝ち組に入るにはまわりの評価や基準を気にせず、世界共通の基準を意識して自分の中に取り入れるべきである。
4. 一日の生き方で大切なことは、朝早く起き、適度な運動をし、気持ちよく仕事をし、夜仲間と楽しくつきあうことである。

問4　筆者がこの文章で、書かれている自分の基準はなにか。
1. まわりの評価を基準とする。
2. 自分の生き方の成功を基準とする。
3. 試験の成功を基準とする。
4. 他人の事業の成功を基準とする。

問5　（　①　）に入れる言葉を選びなさい。

1. ただ　　　　　　　2. それでは
3. したがって　　　　4. おまけに

問6　筆者が昔の自分の基準をいまの基準に変えたきっかけはなにか。

　　1. まわりの評価や基準が気になっていたときに。

　　2.「自分の成功基準を持つ」大切さに気づいたときに。

　　3. 自分はどうしていきたいか、まじめに考えないときに。

　　4. 辞職や再就職など、まわりを変えるときに。

語彙練習

一、発音を聞いて、対応する日本語の常用漢字を書きなさい。

　　1. _____;　　2. _____;　　3. _____;　　4. _____;

　　5. _____;　　6. _____;　　7. _____;　　8. _____;

　　9. _____;　　10. _____。

二、次の文の_____に入れる言葉として最も適切なものを一つ選びなさい。

　　1. 友人知人が過ちをしていること_____なら、愛情をもって何故それが過ちになったのか その原因を提案する。

　　2. どこにあるか_____分からないから何も言えない。

　　3. ドコモで「お客様のご都合_____通話が出来なく

なっております」のアナウンスが流れました。

4. 相手を思い通りにすることはできないのですが、場合_____、「行動」のみ、相手を従わせることはできます。

5. 入院から退院_____までの流れについて説明しています。

A. によっては；　　　B. すら；　　　C. にいたる；
D. により；　　　　E. に気づいた

三、言葉の理解

1. 例　文

〜により

1. 一身上の都合により退会させていただきます。

2. 海洋の汚染により、大量の魚が死んだ。

3. 離職により社員寮等の退去を求められた。

2. 会　話

読者：先生がお書きになった人生の成功基準に感心しました。

作者：成功基準はいろいろあるが、人によって自分の成功基準を持つことが大切だ。

読者：具体的には時間的に、意識的に、人間関係、運、目標などを書かれましたね。

作者：そうだね。時間を有効に使いこなすこと。目標の達成へ確実に進む行動力をつけること。良好な人間関係を築き上げることがとくに大切だよ。

読者：それは実用的で、成功を手にしたい人にとって朗報です。最後にアドバイスとして、一言お願い致します。

作者：ヒューマンスキルつまり人間力をマスターしてほしい。人と上手に付き合える、人に好かれる、人を元気にしてあげられる、人からしたわれるようになる。

3. 拡大練習

考えられる言葉を入れてみよう。

_____

_____

_____＋によっては

_____

_____

 完全マスター ≪≪

1. 橋本さんは食事をする時間（　　　　）惜しんで、研究している。
   1. さすがに　　　　　　　　2. だけに
   3. さえ　　　　　　　　　　4. すら

2. 1日を1時間ごとに区切って混雑（　　　　）をグラフで表示します。
   1. 調子　　　　　　　　　　2. 都合
   3. 具合　　　　　　　　　　4. 案配

3. あなたに合った（　　　　）楽しいライフをサポート

します。

1. 躍動的で　　　　　　　　2. 健康的で

3. 技巧的で　　　　　　　　4. 直感的で

4. 大学院からもらった面接候補日がどうしても
（　　　　）がつかない。

1. 都合　　　　　　　　　　2. 便宜

3. 段取り　　　　　　　　　4. 勝手

5. その作家は私は生まれてきたくなかったが、生き
（　　　　）楽しいことも苦しいことも何もない、と
述べた。

1. ていなければ　　　　　　2. たくて

3. て行きなくて　　　　　　4. ているから

6. 私の歩む道（　　　　）出合った"これいいなー"を撮
影してみました。

1. そばで　　　　　　　　　2. まえに

3. すがら　　　　　　　　　4. おわり

7. 同じ服は二度と着ない。（　　　　）処分するよ。

1. ぐいぐい　　　　　　　　2. ぬきぬき

3. どんどん　　　　　　　　4. ずんずん

8. （　　　　）思えば、思い違いがはなはだしかったの
は私のほうにもあったようだ。

1. いままで　　　　　　　　2. いまでも

3. いまにして　　　　　　　4. いまから

9. （　　　　）勉強しなかったのに合格した。

1. とてつもなく　　　　　　2. べらぼうに

3. たいして　　　　　　　　4. たいした

10. なぜその見出しはユーザー（　　　　　）てもらえない
　　のか。
　　1. を見かけ　　　　　　　　2. を見つけ
　　3. に気付け　　　　　　　　4. に気づい

長　文 2

　子どもを持ったことのある人なら、三歳の子どもが電話
に興味を持つことをご存じだと思う。会話がとてもおもし
ろい時期である。話しかければ返事をしてくれる電話に夢
中に ならないはずがない。言葉の発達と共に、うちの電
話機は子どものおもちゃとなっていった。
　初めのうちは、ジジババ（注1）からの電話の途中で少
し話をして喜んでいるだけであったが、そのうち掛かって
くる電話にも<u>出たがるようになった①</u>。（中略）
　次に彼は、番号を押して自分で電話を掛けることに興味
を覚えたようである。ジジババ の家と、うちの子と話を
するのを楽しみにしてくれる叔母にかぎって掛けさせるこ
とにして、この二軒の電話番号を＃01と＃02の短縮番号
（注2）にしてあげた。彼はほとんど毎日、<u>どちらかに電
話をした②</u>。
　「ぼくのなまえはあおきいくまです」「四さいになった
らおおさわようちえんにいくんだよ」とか、「 今日ねおに
くとおやさいいっぱいたべたの。あとね、えーとね…」な

どなど、彼のおしゃべりにつき合っている叔母もたいへんだなと横で聞いていて思いつつ好きにさせておいた③。

「またおでんわしてねっていってた」「ごはんをいっぱいたべてねっていってたよ」「おばさんはひとりですんでてさびしいんだって。ぼくとおはなしするのがたのしみだって。ぼくにあいたいって」

久しぶりに叔母に会う機会があった。

「いつも子どもが長々と電話してすみません」

「あーらやだ（注3）。何言ってんのよ、ちっとも電話してくんない（注4）じゃない。子どもは元気?④」彼は毎日この叔母と電話で話をしていたのではなかったか。その夜、#02に電話してみた。見知らぬ人（注5）が電話を取った。

「あなたがお父様ですか。いつもお坊ちゃまからかわいいお電話をいただいております。いつかご挨拶をと思っておりましたが、遅くなって申しわけございません。私は、××と申すものです。いつもこの時間になるとお電話がこないかと心待ちにしております。最近はそれはもう毎日のようにお電話をくださいますので一日電話がこないと風邪でもひいたのではないか、もしや事故にでもあったんじゃないか⑤とかやきもきして（注6）しまうのですよ。今まで眠れない日がおおございました（注7）のに、電話の向こうで「バイバイ」って言ってくれた日はぐっすりと眠れるようになりました。

　　（青木晴彦「電話」『第11回NTTふれあいトーク大賞100
　　　選』による）

注1　ジジババ：おじいさんとおばあさん。

注2　短縮番号にする：簡単にかけられるように電話番号を短い数字にして電話機にセットする。

注3　あーらやだ：少しおどろいた時に使う女性の言い方。

注4　電話してくんない：電話してくれない。

注5　見知らぬ人：ぜんぜん知らない人。

注6　やきもきする：心配する。

注7　おおございました：「多かった」のていねいな言い方。

〈読〉〈解〉〈練〉〈習〉

　文章を読んで、それぞれの問いに対する答えとして最も適当なものを1、2、3、4から一つ選びなさい。

問1　「出たがるようになった①」とあるが、何をしたがるようになったのか。

1. 電話での大人の会話に自分も参加すること。

2. 電話番号を押して、自分から電話をかけること。

3. 大人が電話で話している間、外に遊びに行くこと。

4. 相手とつながっていない電話をおもちゃにして遊ぶこと。

問2　「どちらかに電話をした②」とあるが、筆者（親）は子どもがだれと話していると思っていたか。

1. おばさんが見知らぬ人。

2. おじいさんかおばあさん。

3. おじいさんかおばあさんかおばさん。

4. おじいさんかおばあさんか見知らぬ人。

問3 「好きにさせておいた③」とあるが、だれがだれに何をさせておいたのか。

1. 母が子どもを友達と遊ばせておいた。
2. 叔母が子どもに電話で話させておいた。
3. 親が子どもに電話をかけさせておいた。
4. ジジババが子どもを自由にさせておいた。

問4 「子どもは元気?④」とあるが、なぜこのように言ったのか。

1. 子どもから全然電話がかかってこないから。
2. 親とはよく会うが子どもとは全然会わないから。
3. 子どもからときどきしか電話がかかってこないから。
4. 親とはよく会うが子どもとはときどきしか会わないから。

問5 「事故にでもあったんじゃないか⑤」とあるが、この人は、だれが事故にあったと考えたのか。

1. この人の孫。
2. この人の息子夫婦。
3. 電話をかける子どもの親。
4. 電話をかけてくる子ども。

問6 筆者の子どもは電話によって、たくましく成長しているが、それと関係ないことを選択せよ。

1. 他人に思いやりを持つようになった。
2. 言葉表現が上達している。
3. 電話が思うままに使えた。
4. 他人とのコミュニケーションが上手になった。

〈語〉〈彙〉〈練〉〈習〉

一、発音を聞いて、対応する日本語の常用漢字を書きなさい。

1. _____ ;　2. _____ ;　3. _____ ;　4. _____ ;

5. _____ ;　6. _____ ;　7. _____ ;　8. _____ ;

9. _____ ;　10. _____ 。

二、次の文の_____に入れる言葉として最も適切なものを一つ選びなさい。

1. 鍵をかけたかどうかを記憶して_____鍵に付け替えた。

2. 打ち合わせとか会議とかで抜けたいときなんかに電話がかかって_____ふりをしてなんてのがある。

3. どんな人間も病気にならない_____がないんだよ。

4. 俺の携帯がこんなに鳴らない_____がない。

5. 来年度はもっと注文が減る、我慢して持ちこたえる_____です。

A. わけ;	B. だけ;	C. きた;
D. くれる;	E. はず	

三、言葉の理解

1. 例　文

　　～てあげる

　　1. バスに乗ったとき、細かいお金がなくて困っている人がいたので両替をして<u>あげた</u>。

2. 主人公はジュースを買ってあげたり電車でかばん
　　を持ってあげたりと細やかな気配りを示してい
　　る　。
3. もし奥さんがカレーが好きなら、カレーを作って
　　あげようかと思います。

2. 会　話

　A：最近、老人やこどもの携帯電話利用が増えてき
　　　たね。その特徴を研究したいね。

　B：それは便利だからといえるだろうが、それは新
　　　しいコミュニケーション手段として求められて
　　　いると考えられると思う。

　A：話しによると、老人や子供は携帯電話を選ぶ理
　　　由は、自分の好みよりも、特定の親族と常につ
　　　ながっているから、気持ちの安定が得られるも
　　　のになっているという。

　B：そこで、いつも手軽に取れるコミュニケーション
　　　という機能性を持ち、便利に利用できる老人や
　　　子供向けの新しいモデルの携帯電話の開発が肝
　　　心だね。

　A：そうだね。そうなると、携帯電話の機能は若者
　　　中心のバーチャルな交流から、安心、安定的な
　　　交流に変換できるようになり、良好な家族関係
　　　を作って**あげる**ことも大切な機能となる。

3. 拡大練習

考えられる言葉を入れてみよう。

_____

_____

_____＋てあげる

_____

_____

 完全マスター ≪

1. 陽射しが強まり、気温が高くなる（　　　　）次々と
   花が咲きはじめる。
   1. ときに　　　　　　　　　2. とともに
   3. と同時に　　　　　　　　4. と

2. あなたも（　　　　）こととは思いますが、試合の中
   止が決まりました。
   1. ず知り　　　　　　　　　2. 知っている
   3. ご存じの　　　　　　　　4. お分かり

3. 俺の妹が可愛いくない（　　　　　）がない。
   1. はず　　　　　　　　　　2. わけ
   3. もの　　　　　　　　　　4. こと

4. 急に何もかも嫌になり、面倒くさくなって（　　　　）
   やめた。
   1. 途中で　　　　　　　　　2. 中途半端で
   3. 別途で　　　　　　　　　4. 途上で

5. 実は食パンにマーガリンを塗って砂糖を振り掛け

る（　　　　）十分うまい。

1. ばかりで　　　　　　　　2. だけ

3. だけで　　　　　　　　　4. だけに

6. 頻繁にかかって（　　　）いたずら電話に困っています。

1. あげる　　　　　　　　　2. くれる

3. やる　　　　　　　　　　4. くる

7. 賢者は学びたがり、愚者は教え（　　　　）。

1. たくない　　　　　　　　2. たがる

3. たい　　　　　　　　　　4. たがらない

8. 侵入者を見つけて、教え（　　　　）自動警報機を作ってみた。

1. てやる　　　　　　　　　2. てもらう

3. てあげる　　　　　　　　4. てくれる

9. 時間がなくてあせっている時（　　　　）、バスはなかなか来ないものである。

1. だけに　　　　　　　　　2. にかぎって

3. にばかり　　　　　　　　4. にだけ

10. わが子の笑顔を見たら、また連れてき（　　　　）たいと思う。

1. てあげ　　　　　　　　　2. ていき

3. てもらい　　　　　　　　4. てくれ

長文 3

　下の文章は、ある人物が自分の人生に影響を与えた言葉について説明したものである。

　（　①　）この言葉は私のオリジナルです。この考え方にたどり着いたのは38歳のときですが、その頃から努力することにたいして抵抗感がなくなり、とても生きやすくなりました。

　私たちはなぜか、中学、高校生の頃に「努力する姿」を人に見せることをやめてしまいます。試験前の（注1）ガリ勉や運動会前の徒競走の（注2）猛練習などが、人に知られると気恥ずかしくなってしまうのです。

　その心境は複雑です。まず結果が出なかったとき「あいつ、あれだけやってダメだった」とバカにされるのを恐れます。結果が出ても「あれだけ準備すれば当然だ」と評価が下がるのを恐れます。他者の評価を気にし始めると、いずれにせよ努力を（注3）隠すに越したことはないわけです。

　それは②社会人になっても同じです。得意技について「よほど努力しているのでしょうね」と褒められても、「たいしたことはしていません」と自分の努力をわざわざ否定してしまったりする③わけです。

　（　④　）、この「謙遜して努力を隠す対応」はとても危険です。なぜなら、努力しなくていいことへの言い訳に

なる一方で、努力を「かっこう悪い」とする無意識の（注4）バリアになりかねないためです。

　もちろん、努力すれば、すべてがなんとかなるわけではありませんが、努力なしでは何も始まりません。そのためには「努力」という言葉を生活に積極的に取り入れ、そのプロセスを楽しむ仕組みをつくらなければなりません。

　（　⑤　）、努力を客観視するための測定方法が「時間」なのです。

　努力をする、しないはあくまで主観ですが、その分量を時間換算する仕組みを取り入れれば、自分がどこまで努力をしたのか、わかりやすく管理できるようになり、（注5）堂々と「○○については何年間やってきた」と言えます。

　例えば、私はよく「文章を書くのが速い」と言われますが、その場合にこう返すのです。「大学卒業から16年間、独立するまで、文章で顧客にリポートを作る仕事でしたから速くないと困ります」と。

　努力を時間で測定すれば、時間が有限だからこそ、何を努力するのか自分で考え、決めなければいけません。そうすれば、結果はあとからついてくる、という気持ちになれる魔法の言葉なのです。

　　　（勝間和代「勝間和代の人生を変えるコトバ」2009年
　　　　4月11日付朝日新聞による）

注1　ガリ勉：成績を上げるために勉強ばかりする様子。
注2　猛練習：一生懸命練習すること。

注3　隠すに越したことはない：隠したほうがいい。
注4　バリア：障害となるもの。
注5　堂々と：自信のある様子で。

読解練習

　文章を読んで、それぞれの問いに対する答えとして最も適当なものを1、2、3、4から一つ選びなさい。

問1　（　　①　　）には、筆者の人生に影響を与えた言葉が入る。それはどれか。

　　　1. 努力する姿は、隠すことに価値がある。

　　　2. 努力すれば、他人からの評価は変わる。

　　　3. 努力は、かけた時間によって測定できる。

　　　4. 努力すれば、時間管理も上手になる。

問2　「それは②」なにを指すか。

　　　1. 謙遜して努力を隠す対応すること。

　　　2. 複雑な心境のこと。

　　　3. 評価が下がるのを恐れていること。

　　　4. 得意技のこと。

問3　「自分の努力をわざわざ否定してしまったりするの③」しはなぜだと筆者は述べているか」。

　　　1. 努力していると感じるのは自分の主観であり、他の人には理解できないから。

　　　2. 自分の努力の結果に対し、他人にいろいろ言われたり思われたりしたくないから。

　　　3. 他の人に比べると自分の努力は不十分で、もっと

努力が必要だと思っているから。

4. 自分の努力している姿を見せると、他人から謙（けん）虚（きょ）な人だと思ってもらえないから。

問4 筆者は「努力」についてどのように述べているか。

1. 努力は主観的なものなので、どこまで努力するか自分で決めればよい。

2. 社会人になったら、努力している姿は他人にあまり見せないほうがよい。

3. よい結果を出すためには他人に自分の努力している姿を見せることが大切だ。

4. 何をどれだけ努力したかを確（かく）認（にん）しながら、努力自体を楽しむことが大切だ。

問5 （　④　）に入れるもっとも適当な言葉はどれか。

1. ついでに　　　　　　　2. ともあれ

3. しかし　　　　　　　　4. それで

問6 （　⑤　）に入れるもっとも適当な言葉はどれか。

1. もしくは　　　　　　　2. おまけに

3. したがって　　　　　　4. そして

 語彙練習

一、発音を聞いて、対応する日本語の常用漢字を書きなさい。

1. _____；　2. _____；　3. _____；　4. _____；

5. _____；　6. _____；　7. _____；　8. _____；

9. _____；　10. _____。

二、次の文の＿＿＿＿に入れる言葉として最も適切なものを
　一つ選びなさい。

　　1.宝くじが当たったら幸せ＿＿＿＿か。
　　2.学生に恋愛感情をもたれる＿＿＿＿よ。
　　3.大人になった今＿＿＿＿楽しめる。
　　4.餌不足に悩まされたパンダが人里に下りて来るので
　　　は、と懸念されていることもあり、＿＿＿＿してパン
　　　ダを救いたい、できるなら餌を届けてあげたいと
　　　考えている。
　　5.子供を産まないこと＿＿＿＿デメリットはたくさんあ
　　　ると思う。

> A.と困る；　　　B.になれる；　　　C.にたいして；
> D.なんとか；　　E.だからこそ

三、言葉の理解
　　1.例　文
　　　～からこそ
　　　1.かわいいとおもっているからこそ、厳しくしつけ
　　　　るのです。
　　　2.知らない人ばかりだったからこそ、言いにくいこ
　　　　とができたのだ。
　　　3.雨だからこそ、うちにいたくない。雨の日にうち
　　　　にいるのは寂しすぎる。
　　2.会　話
　　　読者：お書きになった本を読ませますが、努力で本当
　　　　　　に幸せになれますか。

作者：私の本が書いている「努力至上主義」はあくまでアイコン（偶像）であり、私自身は努力至上主義ではないんです。読者から「努力だけでどうにもならないとき、人はどうするんですか」と盛んに聞いてくる。**だからこそ**私は、「大多数の人は努力した方が幸せになる確率が上がる」としか言えない。

3. 拡大練習

考えられる言葉を入れてみよう。

_____

_____

_____＋からこそ

_____

_____

 完全マスター

1. ある男が海で遭難し、命からがら無人島（　　　　）。
   1. に到着した　　　　　　2. についた
   3. にたどり着いた　　　　4. にいった
2. 愛が終わったから別れるのではなく、愛（　　　　）別れるという場合もあるのだ。
   1. するために　　　　　　2. するからこそ
   3. するだけに　　　　　　4. するので
3. 突然、警察官に「話を聞かせてください」と呼び止め（　　　　）、応じないといけない。

1. れば　　　　　　　　　　　　2. られたら

3. ると　　　　　　　　　　　　4. た場合

4. 被害者家族は、（　　　　　　　）事件の早期解決を求めた。

1. がっしり　　　　　　　　　　2. どうやら

3. あくまで　　　　　　　　　　4. どこまでも

5. 長い間、郵便受けを開け（　　　　　）いろいろ大変なことになりますので月に一度くらいは開けるようにしよう。

1. ないと　　　　　　　　　　　2. ずに

3. ないで　　　　　　　　　　　4. なしに

6. アジアの金融引締めは過去に拡大（　　　　　）、日本は消極的な金融政策で景気回復も遅れている。

1. して　　　　　　　　　　　　2. するため

3. したから　　　　　　　　　　4. するので

7. クローン技術は果たして、人間に対して使われることが（　　　　　）ゆるされるのか。

1. どこでも　　　　　　　　　　2. いつまで

3. どこまでも　　　　　　　　　4. どこまで

8. 今年は一層慌ただしい年になりそうですが、（　　　　　）頑張っていきたいと思います。

1. なにとぞ　　　　　　　　　　2. ぜひ

3. なんとか　　　　　　　　　　4. 何分

9. （　　　　　）国会に来ていただいているのだから、よく考えてもらいたい。

1. わざわざ　　　　　　　　　　2. 殊更

3. なおさら　　　　　　　　4. 努めて

10. (　　　　)、しばらく株価と商品価格はあがるだろう。

1. かならず　　　　　　　2. いずれにせよ

3. なにしろ　　　　　　　4. 一先ず

 長　文　4

　21世紀は、科学技術の進歩ゆえにいっそう複雑になっていく問題に対して、個人が判断しなくてはならない局面が増えていくことだろう。その時に自分なりに納得のいく判断を下すためには、科学に無関心・無理な理解を決めこんだりせず、ふだんから科学に目を向け、科学的な考え方にふれている必要があるだろう。つまり、<u>科学と社会を結びつける良質の情報が必要なのである①</u>。その情報は自分の行動に役立てるために受信するだけではなく、場合によっては、自ら責任ある発信者となるために役立てることも大切である。

　残念なことに、科学者がもたらした成果は、そのままでは判断材料としては<u>役に立たないことが多い②</u>。まず、専門用語ゆえに科学はとりつきにくい。科学が高度になり細分化したために、領域が異なれば科学者でも理解が困難な状況になってしまっている。良質の情報は優れた<u>表現能力③</u>をともなわなくてはならないが、実際のところ、研究に

専念している科学者には時間的余裕がなく、そうした表現能力を磨くいとまもないのが普通である。

　一方で、<u>科学者にも良質の情報が必要である④</u>。科学者は何かしら新しいことを世界に先駆けて発見、発表することに熱中するものである。その結果が化学、生物、核兵器の開発に加担することはないか、あるいはわれわれの生活ないしは地球という生態系に思いもよらぬ影響を与えることがないかに思いを馳せる機会は、必ずしも多くはない。<u>こうした点に関し⑤</u>て、科学者は外部から指摘される必要がある。

　（　⑥　）、最先端の科学の研究成果とその社会的意味を科学に慣れ親しんでいない人に、また社会的意味については科学者に対しても改めて説明する人材、つまり科学の"インタープリター"が必要となる。インタープリターは専門用語の単なる直訳者ではなく、問題を指摘し、進むべき方向を示唆する、科学と実生活の橋渡しをする解説者、評論者である。また、一般の人の科学に対する素朴な疑問の中からインタープリターが斬新な考えを吸い上げることで、科学者は思いもよらぬ発想転換のヒントを得られることも考えられる。

　優れた作家、評論家、科学者、ジャーナリストなどが先端科学のインタープリターなどの活躍が、期待されている。

（黒田玲子「社会のなかの科学、科学にとっての社会」
『現代日本文化論13日本人の科学』による）

読解練習

文章を読んで、それぞれの問いに対する答えとして最も適当なものを1、2、3、4から一つ選びなさい。

問1 「科学と社会を結びつける良質の情報が必要なのである①」とあるが、この「良質の情報」とは何か。

　　1. 一般の人にも役に立つ科学に関する情報。

　　2. 複雑な社会の問題に関係のある科学的情報。

　　3. 科学者が研究のヒントにできるような情報。

　　4. 社会に大きな影響を与える科学に関する情報。

問2 「役に立たないことが多い②」とあるが、筆者はどうしてそう思うのか。

　　1. 科学者には複雑な問題を考える時間的余裕がないから。

　　2. 科学者がもたらした成果は社会的意味があまりないから。

　　3. 科学者の発表する研究成果は一般の人には理解が困難だから。

　　4. 科学が高度になり、一般の人は科学に関心を持たなくなったから。

問3 「表現能力③」とあるが、ここではどんな能力のことを言うのか。

　　1. 科学技術の進歩にともない複雑化する問題を解説できる能力。

　　2. 自分の研究成果が一般の人にもわかるように説明できる能力。

3. 領域の違う科学者と自分たちの研究成果について話し合える能力。

4. 一般の人と地域社会を結びつける優れた研究を発表できる高度な能力。

問4 「<u>科学者にも良質の情報が必要である④</u>」とあるが、筆者はどんな情報が必要だと言っているか。

1. 自分の研究成果が、社会生活や地球環境などに、どんな影響を与えるかを示す情報。

2. 自分の研究を、科学に慣れ親しんでいない人に、わかりやすく解説する方法を教える情報。

3. 自分の領域とは異なる研究の成果が、自分の研究にどのような影響を与えているかを示唆する情報。

4. 自分の研究に対して、領域の異なる科学者や一般の人はどんな関心を持っているかを知るための情報。

問5 「<u>こうした点⑤</u>」とあるが、どんな点か。

1. 自分の研究成果がどのような社会的意味を持つかという点。

2. 自分と同じ研究をしている科学者がどのくらいいるかという点。

3. 自分の研究の内容や進め方に新しい発見があったかどうかという点。

4. 科学者が自分の研究成果の影響について発表したかどうかという点。

問6 （　⑥　）に入る最も適当な言葉はどれか。

1. さらに　　　　　　　　　2. そこで

3. あるいは　　　　　　4. ところが

問7　筆者は、インタープリターが科学者に対してどのように働きかけることを期待しているか。

1. 科学の研究成果がどのような社会的問題を引き起こすかについて、調べるように指導すること。

2. 一般の人の科学に対する疑問に答えられるように、科学者が表現能力を磨くことの重要性を訴えること。

3. 作家、評論家、ジャーナリストがさらに活躍できるように、研究成果をできるだけ早く公開するよう促すこと。

4 科学者の気づかない問題点を指摘し、他分野との協力の可能性や研究のヒントになるような情報を提供すること。

語彙練習

一、発音を聞いて、対応する日本語の常用漢字を書きなさい。

1. ＿＿＿＿; 　　2. ＿＿＿＿; 　　3. ＿＿＿＿; 　　4. ＿＿＿＿;

5. ＿＿＿＿; 　　6. ＿＿＿＿; 　　7. ＿＿＿＿; 　　8. ＿＿＿＿;

9. ＿＿＿＿; 　　10. ＿＿＿＿。

二、次の文の＿＿＿＿に入れる言葉として最も適切なものを一つ選びなさい。

1. インターネット接続によって、電話会社から

料金を請求されることがある。

2. 日本海側では、冬、雪が多い_____、太平洋側では晴れの日が続く。

3. 当時は貧しさ_____、小学校にいけない子供もいた。

4. 忙しくて昼食を食べる_____なんてケースがある。

5. 禁煙指導センターが提供する「禁煙_____タバコをやめる」は従来の禁煙指導とは違う。

A. せずに；　　　　　B. のにたいして；　　　　C. ゆえに；
D. いとまもない；　E. 思いもよらぬ

三、言葉の理解

1. 例　文

～いとまもない

1. 忙しすぎて、ほほ笑む暇も、愛を与えたり、受けとめたりする<u>いとまもない</u>。

2. 名古屋城を取り囲み、息をつかせる<u>いとまもない</u>ほど激しく攻め立てた。

3. ほとんど家に帰る<u>いとまもない</u>ぐらい働いていた。

2. 会　話

A：戦後、日本は休む**いとまもなく**めざましく発展し、科学技術に成果をおさめたが問題はなにかある。

B：科学発展は社会への影響が大きくなって、細分化した専門家の起用や科学技術の悪用と誤用の防止およびその普及、伝達、理解の促進などの

面で、問題が現われている。

A：科学技術の発展には、プラス面とマイナス面が
あると言われるが、全体的に見た場合、そのど
ちらが多いか。

3. 拡大練習

考えられる言葉を入れてみよう。

———————
———————
———————＋いとまもない
———————
———————

 完全マスター

1. 隣国であるが（　　　　）韓国語化している日本語は
多いものだが、日本では使ったこともなかった単語
が一般化しているものもある。

　1. とても　　　　　　　　2. ゆえに
　3. すこぶる　　　　　　　4. たいそう

2. 21世紀の人材は枚挙に（　　　　）、何人が国家に対
して作り出して どのくらい貢献したかを知りませ
ん。

　1. いうまでもなく　　　　2. いとまがなくて
　3. いわずに　　　　　　　4. もちろん

3. 昭和初期は人間の価値を地位の高下で判断
（　　　　）、いかに忠実にその職務を果たしたかに

よって評価したそうだ。

1. しなしに　　　　　　　　2. せずに

3. しないで　　　　　　　　4. しなくて

4. (　　　　)、グループリーグの戦いはこの日で終わり。翌日からは「負ければ終わりの決勝トーナメントがスタートする」。

1. いずれにせよ　　　　　　2. どうせ

3. どうやら　　　　　　　　4. なんとかして

5. 面倒な相続手続きを(　　　　)銀行預金を引き出す秘密の方法がある。

1. しないと　　　　　　　　2. しても

3. しなくて　　　　　　　　4. しないで

6. 来月1日から、ビルマは15日以内の短期滞在であれば、渡航前の手続き(　　　　)当地への入国用ビザの取得が、到着国際空港でとれるようになった。

1. せずに　　　　　　　　　2. しなくて

3. しないで　　　　　　　　4. なしで

7. よい性質の人は(　　　　)飾らなくてもよい性質が自然にあらわれるという。

1. 事前に　　　　　　　　　2. わざわざ

3. あらかじめ　　　　　　　4. さきに

8. 鑑別診断法とは、見つかった症状から(　　　　)病気を挙げ、それを検査によって比較し識別することによって診断する方法を言う。

1. 思われる　　　　　　　　2. 思う

3. 考える　　　　　　　　　4. 考えられる

9. 道を選ぶということは、（　　　）歩きやすい安全な道をえらぶってことじゃないんだぞ。

1. かならずしも
2. どうしても
3. なとしても
4. どうしても

10. これを機に、より一層日本に根付き、お客様に信頼され、お客様（　　　）企業になることを目指しています。

1. の役に立つ
2. に役割を果たす
3. の役に立てる
4. に役立つ

 長　文　5

　経済原理の教育現場への無理な導入よりも、もっと根本的で深刻な問題①は、子どもが一人の人間、大人と同じ人格を持った存在として尊重されていないことでしょう。実は日本では、大人と同様に心に大きな問題を抱えている子どもが驚くほど多いのです。ユニセフが行った世界的な調査で「孤独を感じることはあるか？」という問いに対して「感じている」と答えた子どもの比率が、日本は29.8％と飛び抜けて多い。

　しかし、この心の問題には、ほとんど対応策が取られていません。崩壊している日本の教育を立て直すためにはまず、新指導要領など、カリキュラムをいじることよりも、この深刻な状況を、ひとりでも多くの人に知ってもらうこ

とが必要です。

　そのための良い指針になるのが、日本が1994年に批准した「子どもの権利条約②」であります。(中略)

　1998年に「子どもの権利委員会」が日本政府に対して、「本委員会は、貴締約国における教育制度が極度に競争的であること、その結果、教育制度が子どもの身体的および精神的健康に否定的な影響を及ぼしていることに照らし、本条約第3条などに基づいて、過度なストレスおよび不登校を防止し、かつ、それと闘うための適切な措置を取るべきこと」と勧告をしています。このような勧告があったにもかかわらず、心を病む子どもたちが増加しており、残念ながら、子どもの権利委員会が危惧したとおりになってきています。日本は、子どもの権利条約の批准国になったにもかかわらず、子どもの権利条約の精神を生かした社会づくりの進行においては、子どもの人権や権利の問題、不登校問題、いじめ問題を抱えているけれども、なぜか文部科学省はこの広報活動に消極的で、具体的な方針も打ち出していません。

　むしろ最近は、2006年に行われた、公立学校のゼロ・トレランス(寛容度がゼロということ)と呼ばれる生徒指導の方針の厳罰主義への大転換のように、子どもを追い詰める、世界とは真逆の方向に向かっています。この生徒指導の問題も、また学力低下の問題においても、まず、子どもをケアすることで解決に導くのが「社会の力量」ではないでしょうか。

　　　　(尾木直樹『日本の教育、ここが問題だ』による)

読解練習

　文章を読んで、それぞれの問いに対する答えとして最も適当なものを1、2、3、4から一つ選びなさい。

問1　この文章から見る日本の現状とあっているのはどれか。

　　1. 子供の問題を避けるために家庭の教育力を強化し始めている。

　　2. 規律を厳しく守らせるという指導法が公立学校に広がり始めている。

　　3. 学校で、子供の教育を何よりも優先して考え始めている。

　　4. 学力低下が日本の教育の最重要課題とされている。

問2　筆者がこの文章で一番言いたいことはどんなことか。

　　1. 教育現場に経済原理を導入すべきだ。

　　2. 子供の心の問題に注目する必要がある。

　　3. 大人の孤独を感じる問題に対応策をとらなければならない。

　　4. 公立学校による厳罰主義を採用しなくてもいい。

問3　「深刻な状況①」はどんなことを指しているか。

　　1. 心に大きな問題を抱えている子供が多いこと。

　　2. 孤独を感じている子供は大人よりずっと多いこと。

　　3. 心の問題への対応策を公開してはいけないこと。

4. 新しい日本の教育を打ち立てる必要があること。

問4 「子どもの権利条約②」批准後、日本の主な学校で、積極的にとった措置はどれか。

　1. 生徒を厳しく指導するという指導方針を取り入れた。

　2. 子どものこころのケアをするようと導く。

　3. 子どもの権利条約の精神を生かした社会づくりをすすめている。

　4. ゆきすぎのストレスや不登校を防止する措置。

語彙練習

一、発音を聞いて、対応する日本語の常用漢字を書きなさい。

　1.＿＿＿＿；　2.＿＿＿＿；　3.＿＿＿＿；　4.＿＿＿＿；

　5.＿＿＿＿；　6.＿＿＿＿；　7.＿＿＿＿；　8.＿＿＿＿；

　9.＿＿＿＿；　10.＿＿＿＿。

二、次の文の＿＿＿＿に入れる言葉として最も適切なものを一つ選びなさい。

　1.「ゆとり世代」というと、他の世代が理解し＿＿＿＿行動で、周囲を困らせるというイメージだが、今回登場してくれたゆとりくんは、しっかり者で仕事に関しても有能だ。ただ、そんな彼もプライベートでは大きな問題を抱えていた。

　2. いずれにしても、試験監督は不正を見張るための監

視員ではなく、受験生に安心して力を発揮し＿＿＿＿＿ためにいるものですので、受験生の皆さんもそのつもりで頑張ってください。

3. 就活は受験する入試＿＿＿＿婚活に似ている。

4. 不都合な事を何でも学校の先生の＿＿＿＿＿のはフエアではない。

5. 父親向け子育て雑誌のターゲットである中流以上の層の間では、わが子を「下流」にだけは落とす＿＿＿＿＿として学力競争が激化しているのが実状である。

A. てもらう；	B. よりも；	C. がたい；
D. せいにする；	E. まい	

三、言葉の理解

1. 例　文

～てもらう

1. 地域の子どもをしっかり育てることが公立の成果なんだと分かっててもらえるよう地道にPRしていきたい。

2. この時間はとてもまどろっこしいものでしたが、集まった人たちの心に確実に今の公立学校教育制度がかかえている問題点に気づいてもらう効果はあったと思います。

3. 学側は、まず、出身の中学校に実習の承諾してもらった後、大学側が東京都教育委員会に実習の依頼を出す。

2. 会　話

PTA代表：新しい学習指導要領が導入されたが、子供たちとの学力差および学力低下の問題について、どのように考えているか。また、学力向上のために重要なことは一体何だと考えるか。

教委課長：確かな学力を身につけることは、子供たち一人一人の将来にかかわる重要で緊急な課題でございます。教育委員会におきましても、学力についての提言をいただいているところであり、理解度や習熟に応じた指導を実施しております。学校はきめ細かな指導や授業改善を行うことにより、学力向上に取り組んでおります。また、PTAのかたがたにも協力し**てもらい**たいことです。

3. 拡大練習

考えられる言葉を入れてみよう。

＿＿＿＿＿＿
＿＿＿＿＿＿
＿＿＿＿＿＿＋てもらう
＿＿＿＿＿＿
＿＿＿＿＿＿

1. 09年度は、村井中学校区独自の取り組みとして実施されましたが、（　　　　）の良い取り組みを一学区だけにとどめておくのはもったいない。全市で実施できないか検討が始まりました。

   1. せっかち　　　　　　　　2. せっかく
   3. せっせと　　　　　　　　4. せっぱん

2. 国内市場向けに「地道な努力」をすること（　　　　）、海外市場向けに「効果的な努力」をした方が、何倍も、いや、何十倍も報われやすい。

   1. とともに　　　　　　　　2. までも
   3. よりも　　　　　　　　　4. ほどに

3. 給食費や教材費を納めて（　　　　）ために、担任が自宅まで訪問してお願いしなくてはならないという実態もある。

   1. もらう　　　　　　　　　2. くれる
   3. あげる　　　　　　　　　4. いただく

4. 深く考えさせるような難しい問題を加えれば、もう少し学力を正確に把握できるかもしれません。しかし、問題が難しくなって点を取れなくなっては、（　　　　）マイナスだと考えています。

   1. かわりに　　　　　　　　2. いっそう
   3. かえって　　　　　　　　4. さらに

5. 中学に入ると、（　　　　）学習意欲を失ってしまうのを防ぐためにも、新入生に「やれば出来る」という

自信を付けてもらうのがこのテストのねらいです。

1. ゆらゆらと　　　　　　　　2. いきなり

3. じわじわと　　　　　　　　4. ゆったりと

6. ゼロから作問する必要はなく、課題の印刷もPTAが担っているということもあるが、（　　　　）それが、現場発の動きから出てきた取り組みだからだろう。

1. ならずに　　　　　　　　　2. なんでも

3. なにも　　　　　　　　　　4. なにより

7. 小学校卒業から中学校入学までの約3週間は、子どもにとって「学習の空白期間」になり（　　　　）。

1. なりつつ　　　　　　　　　2. がちだ

3. たがる　　　　　　　　　　4. がたい

8. 学力低下問題をすべて、ゆとり教育の（　　　　）押しつけるのは早計だ。

1. おかげだと　　　　　　　　2. 原因にして

3. せいだけに　　　　　　　　4. 問題として

9. ゆとり教育と称して学校が土曜日休みになり、教科書の内容が削られ、（　　　　）日本の子どもの学力が低下したと蜂の巣をつついたように大騒ぎしている。

1. それによって　　　　　　　2. それから

3. そのおかげで　　　　　　　4. そのあげくに

10. 学生たちの学力低下の源は、（　　　　）日本の教育システムのなかに潜んでいるのである。

1. あたかも　　　　　　　　　2. まさか

3. まさに　　　　　　　　　　4. ちょうど

「パソコンは書斎である。パソコンがあればどこでも書斎だ！」ということばから始めましょう。書斎を持つ事は一つの夢だといいます。夢とは手に入らないことの裏返しの表現かもしれません。書斎のイメージは、大きな机と大量の本でしょう。もちろん部屋が入ります。しかし、現実にはそうした空間①は高価です。大都会の生活者にとっては、第一に住居費が高くて物理的に手に入らない要素が大きく、第二に入手できても長い勤務時間や夜の付き合いや通勤に時間を取られて、書斎に落ち着く余裕がありません。それでもあなたは書斎にこだわりますか。

一般の知識職業人にとって、書斎の本当の姿②は、こんなスタティック（静的）なものではありません。もっとダイナミックに使うもの、動きのあるものです。知的活動は、いろいろな場で行います。朝の通勤電車では、その日の予定を考えることも多いでしょうが、仕事と無関係の本も読みます。喫茶店では商談もしますが、昨日読んだ本のメモも取ります。（　③　）、通勤電車や新幹線の座席も、喫茶店の片隅も書斎です。自宅ならテレビの前も書斎です。

そう納得すれば④、たくさんの資料つきの巨大納書斎を簡単に手に入れる方法があります。パソコンです。パソコンには大きな机はいりません。資料を広げなくても画面に出せます。ノートパソコンなら携帯できます。電車の中や

喫茶店の片隅が、充実した書斎になるのです。

　書斎を使うということは和服を着て大きな机の前に座ることではなくて、通勤電車の中で本を読むことだという立場をとっても、違いが一つあります。資料です。本物の書斎には、蔵書・辞書・年鑑はもちろん、自分の資料・手紙・日記などもそろっています。そういう物を自由に使えることが書斎の価値ですが、喫茶店ではこうはいきません。知的作業には資料が必要です。書斎は資料の置き場所であり、資料を使う場所なのです。

　書斎といえば、偉い学者や大文豪を思い浮かべます。その人たちの書斎は、ただやみくもに思索した（注①）場所ではありません。資料をおき、整理し、資料を使用した場合が書斎です。そうした環境が書斎です。

　パソコンを使えば、この環境⑤が手に入ります。パソコンに蓄積できる情報量は途方もない（注②）分量で、個人の資料のかなりの部分を置けます。しかし、その情報が使いやすく、検索しやすいのが決定的な利点⑥です。

注①　ただやみくもに思索する：ただ考えてばかりいる。
注②　途方もない：ものすごく（多い）。

〈読〉〈解〉〈練〉〈習〉

　文章を読んで、それぞれの問いに対する答えとして最も適当なものを1、2、3、4から一つ選びなさい。
問1　「そうした空間①」とあるが、どんな空間か。

1. パソコンのある部屋。

2. 大きな机と大量の本が置ける部屋。

3. 大都会の住居。

4. 落ち着いた書斎。

問2　「書斎の本当の姿②」とあるが、筆者の考える書斎とはどのようなものか。

1. 本や資料をしまっておく部屋。

2. 朝の通勤電車や喫茶店。

3. 知的活動が行われるいろいろな場所。

4. 和服を着てすわる大きな机のある部屋。

問3　（　③　）に入る言葉として、最も適当なものはどれか。

1. しかし　　　　　　　　2. ところで

3. ところが　　　　　　　4. つまり

問4　「そう納得すれば④」とあるが、納得するのはだれか。

1. 書斎　　　　　　　　　2. パソコン

3. わたし　　　　　　　　4. あなた

問5　「この環境⑤」とあるが、どんな環境か。

1. 落ち着いて思索するのに適した環境。

2. 資料をおき、整理し、使用するのに便利な環境。

3. 偉い学者や大文豪の使った図書。

4. 知的作業を行うのに適した静かな環境。

問6　パソコンを使う「決定的な利点⑥」とは何か。

1. 情報が早く手に入ること。

2. 情報が安く手に入ること。

3. 情報が使いやすく、すぐ探せること。

4. 情報が非常に沢山しまっておけること。

問7　筆者が最も言いたいことはつぎのどれか。

1. パソコンを使えば、いつでもどこでも書斎にいる
ように知的作業が行える。

2. 書斎を持つことは日本の都会ではとても無理なの
で、あきためたほうがよい。

3. 通勤電車の中でも知的作業が行えるので、書斎を
持つ必要はまったくない。

4. パソコンを買うならノートパソコンがよい。

◇語◇彙◇練◇習◇

一、発音を聞いて、対応する日本語の常用漢字を書きな
さい。

1. _____ ；　　2. _____ ；　　3. _____ ；　　4. _____ ；

5. _____ ；　　6. _____ ；　　7. _____ ；　　8. _____ ；

9. _____ ；　　10. _____ 。

二、次の文の_____に入れる言葉として最も適切なものを
一つ選びなさい。

1. 80 年代以後、情報流通距離量や情報流通コストが
姿を消す一方、メディアによる情報流通の、段階ご
との情報量を測るという考え方_____、より多くの
情報流通量指標が用いられるようになった。

2. 私たちは、企業活動を反映する経営成績や財政状態
を表す経営情報については、関連法令や社内規則

＿＿＿＿、事実に基づいた正確な情報を適確に取得・収集・記録します。

3. コンピュータの中に人間にも読める形のテキストとして蓄積されているデータに対して行なう情報処理＿＿＿＿の概略を学びます。

4. インターネット＿＿＿＿情報へのアクセスが可能になったとしても、一人の人が独力で得られる情報量には限りがある。

5. 現在学生の皆さん＿＿＿＿、費用対効果が薄利なのでしょうけれど、社会人にとってはその限りではないのです。

A. に従って；　B. に基づいて；　C. によって；
D. について；　E. にとっては

三、言葉の理解

1. 例　文

～にとっては

1. 前から同分野に興味があって、違う本を読んでいた人にとっては「またこれか」「これはもう知ってるよ」という情報ばかり。

2. このウィルスというものは、人間にとってははなはだ迷惑ですが、しかしパソコン自身にとってはさして目障りなものでもないようです。

3. どうも彼女にとってはずっと前から「私は太ってる」という思い込みが人の何倍もあったらしい。

2. 会　話

顧客：携帯サイトとPCサイトでは情報量は格段に
　　　違うのでしょうか。PCサポート。

会社：パソコンとケータイでは、情報量やユーザビ
　　　リティに差があります。パソコンと比較した
　　　場合、ケータイは画面が小さいので、基本的
　　　に情報量はPCと比べてかなり少ないです。
　　　また、ケータイは、パソコンのようにキーが
　　　たくさんついたキーボードがなく、上下左右
　　　のカーソルキーやテンキーなどに複数の文字
　　　や記号が割り当てられたものによって操作し
　　　ます。キーボタンを押す回数によって、入力
　　　する文字や記号を選択・入力するという仕組
　　　みになっており、操作性はPCに劣ります。
　　　しかし、初心者**にとって**はこれらの差は分か
　　　らないと思います。

3. 拡大練習

考えられる言葉を入れてみよう。

＿＿＿＿＿＿

＿＿＿＿＿＿

＿＿＿＿＿＿＋にとって

＿＿＿＿＿＿

＿＿＿＿＿＿

1. 事前情報がいくら充実してい（　　　　）、現地情報が不足していれば観光客にとって満足度は上がらない。

   1. ても　　　　　　　　　　2. たが

   3. ながら　　　　　　　　　4. るのに

2. 上京に憧れて（　　　　）東京近辺に行ったものの、すぐ田舎のありがたみに気付き帰りたくなって2週間で帰った。

   1. やたらに　　　　　　　　2. いたずらに

   3. むやみに　　　　　　　　4. べらぼうに

3. 既得権層からよくある反論の1つに、「既存正社員の雇用を守るために新規採用を減らすのはアンフェアだと言うけれども、（　　　　）私企業なのだから、どういう方針で採用しようが自由じゃないか」というものがある。

   1. ついに　　　　　　　　　2. 所詮は

   3. 果ては　　　　　　　　　4. つまり

4. 私たちの世代の若い頃には考えられない感覚だ。「情報病」などと名付けたぐらいだから、（　　　　）若者にとっても生きづらさがある時代だと思う。しかし、人間関係がうまくいって楽しく過ごしていれば、モノなんか買わなくても幸せになれる。

   1. なにやら　　　　　　　　2. なんとなく

   3. たしかに　　　　　　　　4. さすがに

5. もしどうしても、これらの情報が必要だと
（　　　）なら、是非具体的になぜ好きなのかをコ
メントしていただきたいです。
1. いう　　　　　　　　　2. おっしゃる
3. 申す　　　　　　　　　4. 話す

6. さすがユダヤ千年の歴史が綴られている（　　　）
あって旧約付きは厚い。
1. だけ　　　　　　　　　2. ばかり
3. ただ　　　　　　　　　4. かぎりなく

7. 最近の図書館は、かなりオンライン化が進んでおり
利便性が、格段に良くなっています。私の住む街も
数年前から、ネットでの予約貸し出しができるよう
になりました。しかも、受け取る図書館を指定でき
たり、返す図書館はどこでもよかったりと（　　　）
配慮されています。
1. とりあえず　　　　　　2. それなりに
3. かなり　　　　　　　　4. どうしても

8. 通勤中ではなかなか集中できません。（　　　）問題
文を車中で読んでおくと自宅できちんと勉強すると
きにかなり楽でした　。
1. つづいて　　　　　　　2. ただし
3. それに　　　　　　　　4. しかし

9. 自分がどのような投資をしたいか（　　　）、自分
にあった証券会社が変わってきます。100％うのみ
にする訳にはいきません。
1. にともなって　　　　　2. にそって

3. にしたがって　　　　4. によって

10. インパクトの薄い内容を流し込まれても記憶力のない人間に（　　　　）情報量を捌き切れず忘れてしまい、それが積み重なれば退化する一因にも成り得ると思います。

　　1. ついては　　　　　　2. 対しては

　　3. とっては　　　　　　4. よっては

長　文 7

　古物屋には、たくさんの芸術作品が忘れ去られ、ほこりをかぶっている。しかし、その1つ1つが、それを見つけだしさえすれば面白い物語を語って聞かせてくれるのかもしれない。

　東京の地価の高い繁華街にある、車の音が轟く高速道路の下に小さな骨董屋があった。ひょっとすると今もまだあるかもしれない。年輩の店の主は、様々な古い木版画や絵画のコレクションをもっていて、私は誰かがそこで何かを買うのを見たことは一度もなかったけれど、彼は自分の質素な店に満足しているようであった。

　初めて入った時、店の一番奥の隅にかけてある油絵が私の目にとまった。6か月の間、私はその絵がまだあるかどうかずっと見守っていた。遂に私は店主に値段をきいた。彼は18万円だと言った。値切るのは日本ではあまり普通

ではないのだが、こんなに客の少ない店ならば試してみる値打はありそうに思った。そこで私は、11万円と言ってみた。結局、私たちは13万円で手を打った。

　それは林檎園の絵であり、前景に小さな少女が立っていた。自由な自信のある筆使いで描かれており、その絵は暖かさと光を新鮮に感じさせてくれた。印象派風の様式であり、ボルドという名の署名があり、フランスのものであるようだった。額に銘板がついているところからみると、以前は画廊もしくは大規模なコレクションの一部として飾られていたらしかった。私はもしかしたら大変な掘出し物を手にいれたのかもしれない、と考えたのだった。

　この絵は私のお気に入りの一品となり、私と一緒に東京から香港へ、更に英国へと移り住んだ。この頃この絵は私の荷物の大切な一部となり、この絵の正体をたどってみたいと切望した。画家事典を調べると、ルーアン派という名で知られるグループに属する20世紀フランスの風景画家、レオナール・ボルドの名前があった。そこで私はルアンの美術館に手紙を出し、館長から返事をいただいた。私は1898年にレオナール・ボルドが生まれたことを知った。職業は音楽家であったけれど、彼は主に絵を描いていた。特にルーアンの近郊の田園地帯のやや陰鬱な風景を好んだのだった。1969年に死ぬまでに、彼は1万点以上もの風景画を描いていた。

　遂に私はルーアンへ行き、美術館を訪れた。そこにはボルドの絵はなかったが、市内の画商の一覧を戴き、そのいくつかはボルドの絵を売っていた。値段の高さにもかかわ

らず私は一点を買ってしまった。そのあと滞在していたホテルへ歩いて戻る途中に、偶然にもリストになかったまた別の画廊に出くわした。

　店に入ると、年輩の女性が私を迎えたのであるが、この人はボルド一家の親しい友人だったことが分かった。彼女の店は、ボルドに絵の具や筆を納入していたそうで、日本から誰かがわざわざボルドをたどってやって来たことを知って喜んでくれた。

　私はこの年輩の婦人に、原画の写真を送ると約束した。暫くして写真は、裏にボルドの2人のお嬢さんのサイン入りで返送されてきた。2人のうち姉の方のジゼルは、1930年の夏に、8歳で林檎の木の下に立って描かれているのは自分であると確認してくれた。それ以来、61年間この絵がどこに行っていたのか、2人とも全く見当がつかないということであった。

　こうして、それは現われた。私はこの絵を東京の古物屋から救いだし、その歴史を掘り出したというわけである。それは、毎日絵を描いていた男が家族で出かけたピクニックを描いた、楽しい1枚の絵に過ぎない。しかし彼の描く絵は普通どことなく物悲しいものであった。この絵の歴史が取り立てて重要というわけではないのだが、私は他人にこの話と私がそれを知った経緯を話すのが楽しかったのである。

⧖ ◇読◇解◇練◇習◇

　文章を読んで、それぞれの問いに対する答えとして最も適当なものを1、2、3、4から一つ選びなさい。

　問題Ａ　つぎの問い（問1－問5）に対する答えとして、最も適切なものを、それぞれ下の1～5のうちから。一つずつ選択せよ。

問1　筆者が東京の骨董屋に初めて入ったとき、何があったのか。

　　1. 彼は気に入ったフランスの画家の絵を買おうとした。

　　2. 彼は、気に入った絵を見つけた。

　　3. 彼は、数年前に気に入っていた絵を見つけた。

　　4. 彼は隣の絵に関する物語を知った。

問2　買った後、筆者は果樹園の絵をどうしたのか。

　　1. ボルド家の長女に譲った。

　　2. より高価な絵に見えるように、額に入れた。

　　3. ルーアンの画廊の主に送った。

　　4. 引っ越すたびに、絵を持っていった。レオナール・ボルド『雪の下の通行人たち』。

問3　なぜ筆者はこの絵についてもっと知りたいと思ったのか。

　　1. 既に同じ画家の別の絵を持っていた。

　　2. 長年の間にその絵が好きになっていたから。

3. 絵の中で木の下に立っている若い女の子が誰だか分かった。

4. 彼はそれがとても高価な絵だと確信していた。

問4　筆者はボルドに関してどういうことを知ったのか。

1. ボルドは音楽家としての仕事のため、絵を描く時間が殆どなかった。

2. ボルドは風景画を描いたが、あまり陽気な風景ではないことが多かった。

3. ボルドはルアンの人たちの絵をとてもたくさん描いた。

4. ボルドは自然風景の絵はめったに描かなかった。

問5　筆者がルーアンへ旅行した結果は何か。

1. 彼は画廊で目を引いた絵を何点か購入した。

2. その絵に描かれた女の子が誰であるかが分かった。

3. 彼はボルド家の娘たちが過去61年間何をしていたかを知った。

4. 彼は絵に描かれていた林檎園がどれであるかを確認することができた。

　問題B　つぎの①－⑩のうち、本文の内容と合っているものを選び、その番号を答えよ。ただし、解答の順序は問わない。

1. 筆者が絵を買った東京の骨董屋はもう今は存在しない。又存在するかもしれないと書いてある。

2. 骨董屋の主人は、物が売れなくても気にしていな

いようだった。

3. 他の客もそうしていたので筆者は店主に値段を引いてくれるように頼んだ。日本ではあまり値切らないのだが、客が少なそうな店なので試しに値切ってみた。

4. 自分の良く知っているフランス人画家の作品であったので、筆者はその絵を是非買いたいと思った。美術事典を調べてボルドのことを知り美術館へ問い合わせたのである。

5. ルーアンの美術館から手紙が来て初めて、筆者はボルドを事典で調べてみた。順序が逆である。

6. ルーアンで筆者は、市内にボルドの絵をおいている画廊がいくつかあるのを知った。

7. ルーアンにあるボルドの絵は埃がたまり忘れ去られつつあったので、安い価格で手に入れることができた。値段が高かったと書いてある。

8. 年輩のご婦人の手助けによって、筆者はその絵がいつ描かれたかを知った。

9. ボルド一家は皆亡くなっており、彼の絵に描かれた林檎の木の下の少女が誰なのかを確かめる由もなかった、上の娘のジゼルが8歳の時にモデルとなったことが判明した。

10. 筆者は絵の価値そのものよりも、ボルドの絵の話をすることの方に興味があった。

語彙練習

一、発音を聞いて、対応する日本語の常用漢字を書きなさい。

1. _____ ;　　2. _____ ;　　3. _____ ;　　4. _____ ;

5. _____ ;　　6. _____ ;　　7. _____ ;　　8. _____ ;

9. _____ ;　　10. _____ 。

二、次の文の_____に入れる言葉として最も適切なものを一つ選びなさい。

1. いままで_____痩せたことがない、以前と比べて痩せにくくなったと感じる人は特に、自分 が痩せない原因を知り、自分にあった対処法を実行する必要がある。

2. 壁のうえに描かれた絵画にすぎない ということを_____、わたしはそれを見て幾度となく強い衝撃を受けた。

3. それからメリーさんは覚えた日本語を一番最初に俺に_____た。どこから覚えたのかわからない方言なんかも言っていた。

4. 本人が希望_____、まだ数年はしごとができたのに、彼はみずから早期引退を決意した。理由は簡単であって、勤務地であったニュー・ヨークの騒音からのがれたかったからだ。

5. 随分、日も延びてきたし、木々も少しずつ芽吹いてきたようで、_____春の気配が 感じてきました

ね。でもまだ寒い日が続く。

> A. どことなく；　　　B. 知りながら；　C. さえすれば；
> D. 聞かせてくれた；　E. いちども

三、言葉の理解

1. 例　文

どことなく～

1. 渋い黒塗りと重厚な風格が、どことなく時代を感じさせてくれる茶櫃（ちゃびつ）ができました。

2. どことなく響きはネット上では用いられてきた「もうだめぽ」「むりぽ」と通じるものを感じられる気がする。

3. 「あたい」「オメー」なんかは、「若者言葉」でもどことなく田舎くささを感じますが、「すんなよ」、「ウザイ」、「やばい」とかも、山の手言葉だったの。

2. 会　話

司会者：今日は現代と日本画の関係について、二人の画家をお迎えし、トークショーを開催したいと思います。まず本日のゲストのお二人をご紹介いたします。（中略）それでは、トークに移らせていただきます。では、山本さんからお願いいたします。

山本：狭い意味での日本画って言うのは、明治以降に出来上がった絵画です。なぜ「日本画」という言葉ができたということは、西洋文化がたくさん入ってきたからです。それで、それ

に対抗するために、日本の中でもそういうものを作っていかないといけなんじゃないか、ということで、改めて「日本画」という風なことを、考えるようになったわけです。今の日本画を考えて見ますと、**どことなく**西洋に近い感じがします。

3. 拡大練習

考えられる言葉を入れてみよう。

　　　_____
　　　_____
どことなく+_____
　　　_____
　　　_____

 完全マスター

1. 会社を倒産させたり、自己破産手続きを行う際に、借金した相手に一度も返済を（　　　　）、初めから返済する意思がないのに借金をしたと詐欺で訴えられることがあります。

   1. おこなわれると　　　　　2. おこなわせると
   3. おこなわなさそう　　　　4. 行なっていないと

2. （　　　　）飛行機に乗ったことのない子供の夢をかなえるため秋に沖縄のほうに行こうと思い、自分なりにフライト時刻表を調べてはみた。

   1. けっして　　　　　　　　2. いちども

3. めったに　　　　　　　　4. ちっとも

3. ゆっくり読んでもらったり、先生方に読んで（　　　　）することを英語学習に活用してほしいと話しました。

1. くれたり　　　　　　　　2. もらったり
3. 聞かせてもらったり　　　4. さしあげたり

4. 考えてみれば、人間というものは、すべからず、この世界に生まれてきて、一瞬のうちに姿を消してしまうは（　　　　）。

1. にすぎない　　　　　　　2. にあたらない
3. にかぎらない　　　　　　4. にちがいない

5. 何から手をつければよいか、（　　　　）。相続に関する手続は90ほどあり、財産の内容や相続人の状況によって必要な手続が異なります。

1. 見当がつかない　　　　　2. 見込みがつかない
3. 見通しがつかない　　　　4. みばえがいい

6. 「言うまでもなく、家はすべて（　　　　）よって造られるのであり、すべてのものを造られたのは神です」。

1. どこかに　　　　　　　　2. どなたに
3. どちらに　　　　　　　　4. だれかに

7. 好きな音楽、好きなアニメなど、そうした自分の好きなものは（　　　　）芸術学と無縁ではないかもしれません。そして、自分の好きなものと芸術学との関係をもし見つけることができたら受験対策にもなるかもしれません。

1. もしも　　　　　　　2. どれも
3. もしかしたら　　　　4. なんでしたら

8. 少女にこの辺りに絵もしくは宝石が（　　　　）場所をたずねると、あのレンガ色の建物を指差した。
1. あるらしい　　　　　2. ありそうな
3. あるだろう　　　　　4. あるような

9. 読者に（　　　　）それらしい方言を使っている、という印象を与えることが出来さえすれば文学的には成功したと言えるのです。
1. 殊のほか　　　　　　2. 底抜けに
3. 途轍もなく　　　　　4. いかにも

10. 数日前に比べると（　　　）春らしい雰囲気が漂っている。もう寒さを感じることもないだろう。
1. どことなく　　　　　2. なんとなく
3. それとなく　　　　　4. どうやら

長　文　8

　数年前に何人かの科学者が、南極や北極付近の氷の中に閉じこめられた空気を研究することによって、過去の大気の性質を研究する方法を開発した。彼らの理論によると、雪が降ると、空気が雪片の間に閉じこめられる。雪は、まだ内部に空気を含んだ状態で、氷に変わる。その後何年かの間に、上に更に雪が積もって、新しい雪の層を形成する。しかし捕らえられた空気は最初に雪が降ったときと全く同じままの状態で残ると、科学者たちは考えたのであった。

　三百年前、空気がどのようなものであったかを知るためには、氷の層を深く抉ることのできる、中空の管の形をした掘削機を用いる。この掘削機を引き上げると、多くの層から成る氷の芯が管の中に入ってあがってく。それから研究室にもどり、芯の氷の層を数え－1つ1つの層が1年を表すわけである－研究の対象となる年に降った雪からできた氷を見つけるのである。この方法を使い、これらの科学者たちは、過去2百年の間に、地球の温暖化を引き起こす気体の1つである二酸化炭素（CO_2）の量が大幅に増加したという説を唱えた。

　しかし、あるノルウェーの科学者は、この方法に問題があるかもしれないと指摘した。氷中に閉じこめられた空気は、同じ状態のままではないと主張したのである。彼によ

ると一部は氷の結晶に吸収され、一部は水に溶け、また一部は他の化合物となって、閉じこめられるので、とりわけCO_2の量は安定したままではない。もしもこれが本当であるなら私たちが考えていた以上に、多くのCO_2が過去に存在した可能性がある。

　そうであるにせよ、過去三十年間に行われた測定の結果は、10％以上も二酸化炭素の量がこの短い間に増加したことを示している。

読解練習

　文章を読んで、それぞれの問いに対する答えとして最も適当なものを1、2、3、4から一つ選びなさい。

問1　科学者の中には（　　　　）と主張する者もいる。

　　1. 大気中の様々な気体が年間降雪量を増加させる。

　　2. 降ってくる雪片は、空気の化学平衡を変化させる。

　　3. 大気中の気体の運動は、雪を氷へと変化させる。

　　4. 雪片の間に捕らえられた空気は、その当初の性質を保持する。

問2　ある特定の年の大気中の気体を研究するために
　　（　　　　）必要があった。

　　1. 捕らわれた空気を測定するためにいくつの芯が必要であるか数える。

　　2. 様々な種類の雪片を調べる。

　　3. これらの科学者は氷の芯の中のある層を特定す

る。

4. 芯の内部の各層がどれくらい中空であるか測る。

問3　あるノルウェーの科学者は、(　　　　)と主張し、氷の芯を分析するやり方の有効性に疑念を表明した。なお、一酸化炭素なら酸化炭素COである。

1. 芯が引き上げられると、氷はより多くの二酸化炭素を吸収する。

2. 氷は二酸化炭素を減らすことにより、地球温暖化に影響を及ぼす。

3. 氷の中の二酸化炭素の量は多くの方法で変化する。

4. 掘削の間に、氷の質に影響がでるかもしれない。

語彙練習

一、発音を聞いて、対応する日本語の常用漢字を書きなさい。

1. ＿＿＿＿；　2. ＿＿＿＿；　3. ＿＿＿＿；　4. ＿＿＿＿；

5. ＿＿＿＿；　6. ＿＿＿＿；　7. ＿＿＿＿；　8. ＿＿＿＿；

9. ＿＿＿＿；　10. ＿＿＿＿。

二、次の文の＿＿＿＿に入れる言葉として最も適切なものを一つ選びなさい。

1. バレンタインに結婚式を挙げます。式は昼からなのですが、今の予報を見ていると週末はこのまま天気が崩れた＿＿＿＿週末を迎えそうな感じです。

2. それほど彼の文章がすぐれもの_____、どうして文春や新潮社の文学賞に応募しなかったのだろうか、と初めから不思議な感じをしておりました。文章を書いている人間なら誰でも同じことでしょう。

3. 年末に大掃除をするなら、毎日使い続けていたパソコンもキレイにしておきたいですよね。中でも細かいゴミや手垢が付いて、_____汚れているのが「キーボード」です。今回は、そんなキーボードの上手な掃除方法をご紹介します。

4. まだ_____お見えになられていない委員の方がいらっしゃいますが、定刻でございますので、ただいまから、食料問題会議を開催いたします。

5. 米Apple CEOの発言にもあるように、今後技術的進歩が_____、iPhoneやiPadでFlashが動くことはなさそうだ。

A. であるならば；　　B. 思った以上に；　　C. 何人か；
D. あるにせよ；　　E. まま

三、言葉の理解

1. 例　文

～あるにせよ

1. 友人との間でのお金の貸し借りはどういう事情が<u>あるにせよ</u>関係がこじれそうで、出来る限り避けたいのですが、貸すほうは、返ってこなくても仕方ないと考えるしかないのでしょうか。

2. ただし結果的にそうなった面も<u>あるにせよ</u>、言葉

が生まれる事により「やおい」は一人歩きし、意
図的に作品からオチや意味を排除して"終わりな
くいつまでも好きなキャラと遊べる"ようになっ
た。

3. 金銭的な事情がその裏に<u>あるにせよ</u>、「iPhoneと
いえどもケータイはケータイでしょ」という認識
が見え隠れしているのも見逃せない。

2. 会 話

A：ねえ、昨日のニュースを見ましたか。またホー
　ムレスの人が殺されたそうです。

B：今の世の中はすっかり変になりました。どんな
　理由が**あるにせよ**、人を簡単に殺すなんて。

A：可哀想ですね。みんな人間なのに…

3. 拡大練習

考えられる言葉を入れてみよう。

＿＿＿＿＿＿＿

＿＿＿＿＿＿＿

＿＿＿＿＿＿＿＋あるにせよ

＿＿＿＿＿＿＿

＿＿＿＿＿＿＿

完全マスター

1. なお、ローマ字を用いて複数の単語を表記する場合に限り、当該単語の間を区切るためにスペースを（　　　　）こともできます。
   1. 用いる
   2. 採用する
   3. 使わせる
   4. 使われる

2. 落とし物が見つかったときは、落とし物を保管している警察署から電話又は書面でお知らせします。届出をした落とし物を自分で（　　　　）ときは、届出警察署に電話で連絡してください。
   1. 見つかった
   2. 見つけた
   3. 落とした
   4. なくなった

3. クレジットカードの利用限度額を引き上げたい場合、どうすると（　　　　）か。
   1. 引き上げます
   2. あげます
   3. 引きあがります
   4. あがります

4. 忙しい合間を縫ってまで練習場に通い練習しているにも関わらず、（　　　　）結果が付いてこない。
   1. まったく
   2. まっぴら
   3. あらゆる
   4. すっかり

5. 市長は、自治体が低炭素社会を実現するには人材の確保が必要で、（　　　　）我々の世代より次の世代にこうした考え方を受けついでもらう環境資産の継承こそが重要、と語った。
   1. せっかく
   2. おりいって

3. なかんずく　　　　　　4. とりわけ

6. DELLのPCを使用しているのですが、たまにうっかりUSBを差し込んだ（　　　　　）再起動すると、PCが立ち上がらない現象が起きます。USBを差さないときは正常に立ち上がります。

　　1. ときに　　　　　　　　2. まま
　　3. 場合に　　　　　　　　4. 状態に

7. 安全（　　　　　）仕方がないのでは。今まで、こんにゃくゼリーをめぐる悲しい事件が多発していた。食品の安全については、深く追求せねばならないと考えている。

　　1. であれ　　　　　　　　2. であろうと
　　3. ではないと　　　　　　4. であるなら

8. あなたの一日は、（　　　　　）長い。あなたの一年は、想像よりもたっぷりしている。この一日、この一年を、かわいがってやりなさい。

　　1. 考えている以上に　　　2. 思っている以上に
　　3. 実際より以上に　　　　4. 知っている以上に

9. （　　　　　）のステークホルダーから、それぞれの立場に立った低炭素社会（2050年GHG大幅・削減）におけるライフスタイルの将来イメージとその実現について、問題提起をしていただく。

　　1. 何人か　　　　　　　　2. いくつか
　　3. いくらか　　　　　　　4. だれか

10. iPhoneについて、何かの内容を書くなら、ほとんど既存の携帯でも出来るのは分かってるけど、これま

で自分はやってこなかった。iPhoneをせっかく買ったのだから新しい生活にチャレンジしてみようと考えたという前提条件が（　　　　）、二ヶ月続いたのだから何か理由があるだろう、これはなぜだろうと思って考えてみたところ、自分にとって大きな要素は入力の高速さ、画面の大きさなどの4つが挙げられる。

1. あっても
2. あろうが
3. あるにせよ
4. あるにもかかわらず

解 答

第一章　短　文

短　文　1

読解練習

問2　3　　　　問2　1

語彙練習

一、1. 確認　　　2. 意見　　　3. 裏付ける　　　4. 他人

　　5. 判断　　　6. 健全　　　7. 趣味　　　8. 反対

　　9. 愉快　　10. 一致

二、1. C　　2. A　　3. E　　4. B　　5. D

完全マスター

1. 2　　　2. 3　　　3. 1　　　4. 4　　　5. 3

6. 2　　　7. 3　　　8. 4　　　9. 2　　10. 3

短文 2

読解練習

問1　3　　　　問2　2

語彙練習

一、1. 人生　　　2. 酒　　　　3. 悲しい　　　4. 楽しい

　　5. 生きる　　6. 慰める　　7. 晩杓　　　8. 控える

　　9. 嗜む　　　10. 肴

二、1. B　　　2. C　　　3. D　　　4. E　　　5. A

完全マスター

1. 4　　2. 3　　3. 1　　4. 2　　5. 1

6. 2　　7. 1　　8. 4　　9. 3　　10. 1

短文 3

読解練習

問1　2　　　　問2　3

語彙練習

一、1. 識別　　　　2. 文字　　3. 使う　　4. 読み取る

　　5. 説明　　　　6. 信用　　7. 男子　　8. 大人

　　9. 聞き分ける　10. 女子

二、1. B　　　2. C　　　3. A　　　4. D　　　5. E

完全マスター

1. 1　　2. 2　　3. 2　　4. 4　　5. 1

6. 2　　7. 4　　8. 3　　9. 4　　10. 1

 **短文 4**

読解練習

　問1　2　　　　問2　4

語彙練習

　一、1. 拝見　　　　　2. お仕入　　　　3. 代金　　　　4. 未払い

　　　5. 振り込む　　　6. 要望　　　　7. 承知　　　　8. 売掛金

　　　9. 相殺　　　　10. 了解

　二、1. A　　　　2. E　　　　3. B　　　　4. D　　　　5. C

完全マスター

　1. 3　　　　2. 1　　　　3. 2　　　　4. 4　　　　5. 3

　6. 1　　　　7. 2　　　　8. 3　　　　9. 4　　　　10. 1

 **短文 5**

読解練習

　問1　2　　　　問2　4

語彙練習

　一、1. 注文　　　　　2. 製品　　　　3. 納期　　　　4. 遅延

　　　5. 仕様　　　　　6. 変更　　　　7. 起因　　　　8. 承服

　　　9. 当初　　　　10. 代金

　二、1. A　　　　2. B　　　　3. C　　　　4. D　　　　5. E

完全マスター

　1. 3　　　　2. 1　　　　3. 4　　　　4. 3　　　　5. 2

　6. 3　　　　7. 1　　　　8. 1　　　　9. 1　　　　10. 4

読解練習

問1　4　　　問2　4

語彙練習

一、1. 製造　　　　2. 機械　　　　3. 配置　　4. 先般
　　5. 回示　　　　6. あらかじめ　7. 折り返し
　　8. とりあえず　9. 先日　　　　10. 後日

二、1. E　　2. D　　3. C　　4. B　　5. A

完全マスター

1. 2　　2. 3　　3. 1　　4. 1　　　5. 3
6. 3　　7. 4　　8. 4　　9. 2　　　10. 3

読解練習

問1　3　　　問2　1

語彙練習

一、1. 差別　　　2. 思いきる　3. ほめる　4. しかる
　　5. なまける　6. 観察　　　7. なるべく
　　8. 見つけ出す　9. 祝福　　10. 反省

二、1. D　　2. C　　3. B　　4. A　　5. E

完全マスター

1. 4　　2. 2　　3. 1　　4. 2　　　5. 3
6. 3　　7. 4　　8. 1　　9. 2　　　10. 4

短文 8

読解練習

　問1　2　　　問2　2　　　問3　1　　　問4　4　　　問5　3

語彙練習

　一、1. 子育て　　　2. 資格　　　3. 技能　　　4. 訓練

　　　5. 相談　　　6. 環境　　　7. 言動　　　8. 試験

　　　9. 影響　　　10. 親業

　二、1. E　　　2. D　　　3. C　　　4. B　　　5. A

完全マスター

　1. 2　　　2. 3　　　3. 1　　　4. 2　　　5. 2

　6. 1　　　7. 2　　　8. 3　　　9. 2　　　10. 1

第二章　中　文

中文 1

読解練習

　問1　1　　　問2　4　　　問3　4　　　問4　1

語彙練習

　一、1. 脊中　　　2. 大人　　　3. 息子　　　4. 自転車

　　　5. 幼稚園　　　6. 途中　　　7. 宿題　　　8. 様子

　　　9. 姿　　　10. 同等

　二、1. C　　　2. D　　　3. A　　　4. E　　　5. B

完全マスター

1. 1	2. 1	3. 4	4. 2	5. 3
6. 4	7. 1	8. 2	9. 4	10. 3

 中 文 2

読解練習

問1 2   問2 3   問3 1

語彙練習

一、1. 具体的   2. 身近   3. 常   4. 表現

　　5. 成立   6. 地名   7. 土地   8. 材料

　　9. 抽象   10. 固有

二、1. D   2. A   3. B   4. E   5. C

完全マスター

1. 4	2. 2	3. 3	4. 3	5. 3
6. 1	7. 1	8. 3	9. 2	10. 1

中 文 3

読解練習

問1 3   問2 1   問3 4

語彙練習

一、1. 税金   2. 道路   3. 反対   4. 都合

　　5. 直接   6. 単純   7. 不公平   8. 生じる

　　9. 高速   10. 批判

二、1. D   2. C   3. A   4. B   5. E

完全マスター

1. 4   2. 1   3. 3   4. 2   5. 3
6. 1   7. 2   8. 3   9. 4   10. 1

読解練習

問1 4   問2 4   問3 3

語彙練習

一、1. 人間   2. 好き   3. 嫌い   4. 働き
　　5. 感じる   6. 関係   7. 法則   8. 科学
　　9. 本体   10. 人目

二、1. C   2. A   3. E   4. B   5. D

完全マスター

1. 1   2. 3   3. 3   4. 2   5. 1
6. 3   7. 4   8. 1   9. 2   10. 4

読解練習

問1 2   問2 3

語彙練習

一、1. 道徳観   2. 形   3. 見方   4. 希望
　　5. 議論   6. 気持   7. 本筋   8. 陥る
　　9. 危険   10. 住みよい

二、1. D   2. E   3. A   4. B   5. C

完全マスター

1. 3   2. 4   3. 2   4. 1   5. 4
6. 3   7. 2   8. 1   9. 4   10. 1

読解練習

問1 4   問2 2   問3 3

語彙練習

一、1. 直後   2. 列車   3. 状態   4. 我慢
　　5. 危険   6. 冗談   7. 的確   8. 連中
　　9. 何分   10. 真剣

二、1. E   2. A   3. D   4. C   5. B

完全マスター

1. 4   2. 3   3. 1   4. 2   5. 1
6. 3   7. 2   8. 4   9. 3   10. 1

読解練習

問1 3   問2 3   問3 1

語彙練習

一、1. 途端   2. 敬意   3. 出会い   4. 無視
　　5. 高速   6. 進入   7. 本人   8. 大勢
　　9. 幸運   10. 充実

二、1. B   2. D   3. C   4. E   5. A

完全マスター

| 1. 1 | 2. 4 | 3. 2 | 4. 1 | 5. 3 |
| 6. 3 | 7. 2 | 8. 4 | 9. 3 | 10. 1 |

読解練習
問1　4　　　問2　2

語彙練習
一、1. ワード　　　　　　　2. エクセル
　　3. ファイル　　　　　　4. 自宅
　　5. USBメモリー　　　　6. 電子メール
　　7. インターネット　　　8. ウェブサイト
　　9. ハードディスク　　　10. プログラム

二、1. E　　　2. C　　　3. B　　　4. D　　　5. A

完全マスター

| 1. 2 | 2. 3 | 3. 1 | 4. 4 | 5. 4 |
| 6. 3 | 7. 1 | 8. 2 | 9. 4 | 10. 3 |

第三章　　情報検索

読解練習
問1　2　　　問2　4　　　問3　1

語彙練習

一、1. 相手　　　　2. 窓口　　　　3. 昨年度　　　4. 効果的

　　5. 開催　　　　6. 抽選　　　　7. 受講　　　　8. 受付

　　9. 必着　　　 10. 明記

二、1. A　　　 2. B　　　 3. D　　　　4. C　　　　5. E

完全マスター

1. 3　　　2. 4　　　3. 1　　　4. 3　　　　5. 2

6. 3　　　7. 3　　　8. 1　　　9. 2　　　 10. 4

情 報 検 索 ②

読解練習

問1　3　　　　問2　4

語彙練習

一、1. 案内　　　　2. 新規　　　　3. 免許　　　4. 運転

　　5. 確認　　　　6. 貸出　　　　7. 通学　　　8. 期限

　　9. 通勤　　　 10. 申込

二、1. A　　　 2. C　　　 3. D　　　　4. B　　　　5. E

完全マスター

1. 2　　　2. 2　　　3. 4　　　4. 1　　　　5. 3

6. 4　　　7. 3　　　8. 1　　　9. 2　　　 10. 4

情 報 検 索 ③

読解練習

問1　2　　　　問2　2　　　　問3　4　　　　問4　1

問5　3　　　　問6　4

語彙練習

一、1. 粗大　　　2. 有料　　　3. 戸別　　　4. 自宅

　　5. 品目　　　6. 予約　　　7. 分解　　　8. 引き取り

　　9. いずれ　　10. 購入

二、1. E　　　2. A　　　3. B　　　4. D　　　5. C

完全マスター

1. 2　　　2. 4　　　3. 1　　　4. 1　　　5. 4

6. 3　　　7. 1　　　8. 2　　　9. 4　　　10. 3

情　報　検　索　4

読解練習

問1　1　　　　問2　3　　　　問3　4

語彙練習

一、1. 区間　　　2. 出口　　　3. 本線　　　4. 祝日

　　5. 通過　　　6. 八王子　　7. 箱根　　　8. 平日

　　9. 夜間　　　10. 適用

二、1. A　　　2. D　　　3. E　　　4. B　　　5 C

完全マスター

1. 1　　　2. 3　　　3. 3　　　4. 4　　　5. 1

6. 4　　　7. 3　　　8. 2　　　9. 1　　　10. 2

情報検索⑤

読解練習

   問1 2   問2 4

語彙練習

  一、1. 年金   2. 支給   3. 受給   4. 転入

      5. 届け出   6. 持ち物   7. 加入   8. 納付

      9. 喪失   10. 手帳

  二、1. E   2. A   3. C   4. B   5. D

完全マスター

  1. 2   2. 3   3. 4   4. 1   5. 1

  6. 4   7. 3   8. 2   9. 3   10. 4

情報検索⑥

読解練習

   問1 2   問2 4   問3 4   問4 2

語彙練習

  一、1. 理学   2. 生物学   3. 環境科学

      4. 選抜   5. 出願   6. 支援グループ

      7. 若干   8. 筆記試験   9. 口述

      10. 請求先

  二、1. A   2. C   3. B   4. E   5. D

完全マスター

  1. 4   2. 2   3. 3   4. 1   5. 2

  6. 4   7. 3   8. 1   9. 3   10. 4

情報検索 7

読解練習

問1　3　　　問2　1　　　問3　4　　　問4　3

問5　3　　　問6　4

語彙練習

一、1. 再検　　　2. 診療　　　3. 外来　　　4. 健康診断

5. 整形外科　　6. 母子健康手帳　　7. 歯科

8. 受付　　　9. 在室　　　10. 障害

二、1. D　　2. B　　3. E　　4. A　　5. C

完全マスター

1. 2　　2. 4　　3. 1　　4. 2　　5. 3

6. 2　　7. 3　　8. 4　　9. 3　　10. 1

情報検索 8

読解練習

問1　1

語彙練習

一、1. 弊社　　　2. 清栄　　　3. 恐縮　　　4. 貢献

5. 光臨　　　6. 業績　　　7. 産業　　　8. 勝手

9. 同封　　　10. 来駕

二、1. A　　2. C　　3. D　　4. B　　5. E

完全マスター

1. 1　　2. 3　　3. 2　　4. 4　　5. 3

6. 2　　7. 1　　8. 4　　9. 3　　10. 2

第四章　総合理解

読解練習

問1　1　　　　問2　1　　　　問3　3　　　　問4　3

問5　4　　　　問6　4

語彙練習

一、1. 社内　　　2. 人脈　　　3. 磨く　　　4. 意外

　　5. 漫然　　　6. 後輩　　　7. 教授　　　8. 講義

　　9. 愚か　　10. 筆記

二、1. E　　　2. C　　　3. B　　　4. D　　　5. A

完全マスター

1. 2　　　2. 3　　　3. 2　　　4. 1　　　5. 1

6. 4　　　7. 2　　　8. 3　　　9. 1　　10. 4

読解練習

問1　2　　　　問2　2　　　　問3　1　　　　問4　3

問5　1　　　　問6　3

語彙練習

一、1. 人生　　　2. 中途半端　　　3. 学歴　　　4. 断言

　　5. 選別　　　6. 競争　　　7. 看板　　　8. 過当

9. 納得　　　10. 通用

二、1. A　　　2. B　　　3. E　　　4. C　　　5. D

完全マスター

1. 3　　　2. 2　　　3. 4　　　4. 2　　　5. 4

6. 1　　　7. 1　　　8. 2　　　9. 3　　　10. 3

総合理解3

読解練習

問1　2　　　問2　4　　　問3　4　　　問4　3

問5　1　　　問6　3

語彙練習

一、1. 相談　　　2. 単色　　　3. 本当

　　4. シャープ　　　5. デザイン　　　6. プレゼント

　　7. 期待　　　8. 発見　　　9. セーター

　　10. アクセサリー

二、1. D　　　2. B　　　3. E　　　4. A　　　5. C

完全マスター

1. 3　　　2. 2　　　3. 4　　　4. 1　　　5. 3

6. 2　　　7. 1　　　8. 2　　　9. 2　　　10. 3

総合理解4

読解練習

問1　3　　　問2　4　　　問3　2　　　問4　3

問5　2　　　問6　4

語彙練習

一、1. 発売　　　　2. 改訂　　　　3. 収録　　　　4. 同種

　　5. 最多　　　　6. 世相　　　　7. 新語　　　　8. 長年

　　9. 若者　　　　10. 厳選

二、1. E　　　2. A　　　　3. D　　　　4. B　　　　5. C

完全マスター

1. 1　　　2. 2　　　3. 3　　　4. 4　　　5. 1

6. 1　　　7. 4　　　8. 2　　　9. 1　　　10. 2

総 合 理 解 5

読解練習

問1　4　　　　問2　2　　　　問3　1　　　　問4　4

問5　1　　　　問6　4

語彙練習

一、1. 読書　　　　2. 要約　　　　3. 読解　　　　4. 文脈

　　5. 自問　　　　6. 両輪　　　　7. 目安　　　　8. 書物

　　9. 低下　　　　10. 未解決

二、1. B　　　2. D　　　　3. C　　　　4. E　　　　5. A

完全マスター

1. 2　　　2. 1　　　3. 3　　　4. 2　　　5. 1

6. 1　　　7. 4　　　8. 3　　　9. 4　　　10. 2

第五章　長　文

読解練習

問1　3　　　　問2　1　　　　問3　2　　　　問4　2

問5　1　　　　問6　2

語彙練習

一、1. 進路　　　2. 春先　　　　3. 一切　　　4. 基準

　　5. 受験　　　6. 組み分け　　　7. 発想　　　8. 肝心

　　9. 主役　　　10. 具合

二、1. E　　　2. B　　　　3. D　　　　4. A　　　　5. C

完全マスター

1. 4　　　2. 3　　　3. 2　　　4. 1　　　5. 1

6. 3　　　7. 3　　　8. 3　　　9. 3　　　10. 4

読解練習

問1　1　　　　問2　3　　　　問3　3　　　　問4　1

問5　4　　　　問6　3

語彙練習

一、1. 興味　　　2. 返事　　　3. 夢中　　　4. 発達

　　5. 途中　　　6. 短縮　　　7. 事故　　　8. 挨拶

9. 風邪　　　10. 元気

二、1. D　　　2. C　　　　3. A　　　　4. E　　　5. B

完全マスター

1. 2　　　2. 3　　　3. 2　　　4. 1　　　5. 3

6. 4　　　7. 2　　　8. 4　　　9. 2　　　10. 1

＜長＞＜文＞＜3＞

読解練習

問1　3　　　　問2　2　　　　問3　4　　　　問4　1

問5　3　　　　問6　4

語彙練習

一、1. 客観　　　2. 主観　　　3. 抵抗　　　4. 他者

5. 心境　　　6. 無意識　　　7. 換算　　　8. 謙遜

9. 複雑　　　10. 結果

二、1. B　　　2. A　　　3. E　　　4. D　　　5. C

完全マスター

1. 3　　　2. 2　　　3. 2　　　4. 3　　　5. 1

6. 3　　　7. 4　　　8. 3　　　9. 1　　　10. 2

＜長＞＜文＞＜4＞

読解練習

問1　1　　　　問2　3　　　　問3　2　　　　問4　1

問5　1　　　　問6　2　　　　問7　4

語彙練習

一、1. 進歩 　　　2. 発想 　　　3. 技術 　　　4. 納得

　　5. 示唆 　　　6. 専念 　　　7. 無関心 　　8. 先端

　　9. 熱中 　　10. 直訳

二、1. E 　　2. B 　　3. C 　　4. D 　　5. A

完全マスター

1. 2 　　2. 2 　　3. 2 　　4. 1 　　5. 4

6. 4 　　7. 2 　　8. 4 　　9. 1 　　10. 3

◇長◇文◇⑤◇

読解練習

　問1　2 　　　問2　2 　　　問3　1 　　　問4　1

語彙練習

一、1. 寛容度 　　2. 新指導要領 　　3. 人格 　　4. 大転換

　　5. 孤独 　　　6. 厳罰 　　　　7. 対応策 　　8. 不登校

　　9. 崩壊 　　10. 消極的

二、1. C 　　2. A 　　3. B 　　4. D 　　5. E

完全マスター

1. 2 　　2. 3 　　3. 1 　　4. 3 　　5. 2

6. 4 　　7. 2 　　8. 3 　　9. 4 　　10. 3

◇長◇文◇⑥◇

読解練習

　問1　2 　　　問2　3 　　　問3　4 　　　問4　4

問5　2　　　　問6　3　　　　問7　1

語彙練習

一、1. 裏返し　　　2. 画面　　　　3. 検索　　　　4. 高価
　　5. 住居費　　　6. 余裕　　　　7. 片隅　　　　8. 喫茶店
　　9. 静的　　　 10. 商談

二、1. B　　　　2. A　　　　3. D　　　　4. C　　　　5. E

完全マスター

1. 1　　　2. 1　　　3. 2　　　4. 3　　　　5. 2
6. 1　　　7. 3　　　8. 2　　　9. 4　　　 10. 3

読解練習

　問A

問1　2　　　問2　4　　　問3　2　　　問4　2　　　問5　2
問B　2　6　8　10

語彙練習

一、1. 古物屋　　　2. 骨董屋　　　3. 芸術　　　　4. 木版画
　　5. 絵画　　　　6. 画廊　　　　7. 銘板　　　　8. 印象派
　　9. 正体　　　 10. 原画

二、1. E　　　　2. B　　　　3. D　　　　4. C　　　　5. A

完全マスター

1. 4　　　2. 2　　　3. 3　　　4. 1　　　　5. 1
6. 4　　　7. 3　　　8. 2　　　9. 4　　　 10. 1

長文 8

読解練習

　問1　4　　　問2　3　　　問3　3

語彙練習

　一、1. 北極　　　　　2. 大気　　　　3. 雪片

　　　4. 中空　　　　　5. 掘削機　　　6. 温暖化

　　　7. 二酸化炭素　　8. 気体　　　　9. 化合物

　　　10. 結晶

　二、1. E　　2. A　　　3. B　　　4. C　　　5. D

完全マスター

　1. 1　　　2. 2　　　3. 3　　　4. 1　　　5. 4

　6. 2　　　7. 4　　　8. 2　　　9. 1　　　10. 3

太極武術教學光碟

太極功夫扇
五十二式太極扇
演示：李德印 等
(2VCD)中國

夕陽美太極功夫扇
五十六式太極扇
演示：李德印 等
(2VCD)中國

陳氏太極拳及其技擊法
演示：馬虹(10VCD)中國
陳氏太極拳勁道釋秘
拆拳講勁
演示：馬虹(8DVD)中國
推手技巧及功力訓練
演示：馬虹(4VCD)中國

陳氏太極拳新架一路
演示：陳正雷(1DVD)中國
陳氏太極拳新架二路
演示：陳正雷(1DVD)中國
陳氏太極拳老架一路
演示：陳正雷(1DVD)中國

陳氏太極拳老架二路
演示：陳正雷(1DVD)中國
陳氏太極推手
演示：陳正雷(1DVD)中國
陳氏太極單刀・雙刀
演示：陳正雷(1DVD)中國

郭林新氣功
(8DVD)中國

本公司還有其他武術光碟
歡迎來電詢問或至網站查詢
電話：02-28236031
網址：www.dah-jaan.com.tw

原版教學光碟

歡迎至本公司購買書籍

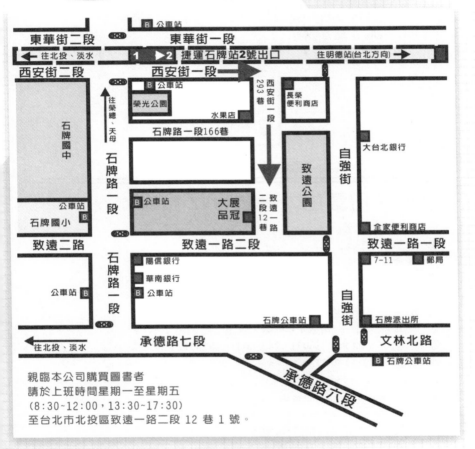

親臨本公司購買圖書者
請於上班時間星期一至星期五
(8:30~12:00，13:30~17:30)
至台北市北投區致遠一路二段 12 巷 1 號。

建議路線
1.搭乘捷運、公車
　　淡水線石牌捷運站2號出口出站(出站後靠右邊)，沿著捷運高架往台北方向走(往明德站方向)，其街名為西安街，約走100公尺(勿超過紅綠燈)，由西安街一段293巷進來(巷口有一公車站牌，站名為自強街口)，本公司位於致遠公園對面。搭公車者請於石牌站(石牌派出所)下車，走進自強街，遇致遠路口左轉，右手邊第一條巷子即為本社位置。

2.自行開車或騎車
　　由承德路接石牌路，看到陽信銀行右轉，此條即為致遠一路二段，在遇到自強街(紅綠燈)前的巷子(致遠公園)左轉，即可看到本公司招牌。

國家圖書館出版品預行編目資料

挑戰新日語能力考試 N2讀解／石若一 主編 恩田 滿 主審
——初版，——臺北市，大展，2013〔民102.06〕
面；21公分 ——（日語加油站；2）
ISBN 978－957－468－952－1（平裝；附光碟片）

1. 日語 2. 能力測驗
803.189 　　　　　　　　　　　　　　102006592

挑戰新日語能力考試 N2讀解

主　　　編／石若一
主　　　審／恩田 滿
責任編輯／高 清 艷
錄　　　音／奧村 望
發 行 人／蔡 森 明
出 版 者／大展出版社有限公司
社　　　址／台北市北投區（石牌）致遠一路2段12巷1號
電　　　話／（02）28236031 · 28236033 · 28233123
傳　　　眞／（02）28272069
郵政劃撥／01669551
網　　　址／www.dah-jaan.com.tw
E－mail ／service@dah-jaan.com.tw
登 記 證／局版臺業字第2171號
承 印 者／傳興印刷有限公司
裝　　　訂／建鑫裝訂有限公司
排 版 者／弘益電腦排版有限公司
授 權 者／安徽科學技術出版社
初版1刷／2013年（民102年）6月

定　價／250元

大展好書　好書大展
品嘗好書　冠群可期